KB154740

오랜 슬픔의 다정한 얼굴

칼 윌슨 베이커
(Karle Wilson Baker)

옮긴이 강수영

오랜 슬픔의 다정한 얼굴

1판 1쇄 인쇄 2019년 4월 05일
1판 1쇄 발행 2019년 4월 15일

지은이 칼 윌슨 베이커
옮긴이 강수영

발행처 문학의숲
발행인 이은주

신고번호 제300-2005-176호
신고일자 2005년 10월 14일

주소 (121-839) 서울특별시 마포구 양화로7길 84 영화빌딩 4층
전화 02-325-5676
팩스 02-333-5980

값은 표지에 있습니다.
ISBN 979-11-87904-16-8 03840

오랜 슬픔의 다정한 얼굴

칼 윌슨 베이커
(Karle Wilson Baker)

옮긴이 강수영

문학의숲

목차

II. 나무와 산책한 뒤 오늘 내 키가 조금 더 자랐다

III. 푸른 연기

IV. 낡은 동전

V. 탱글우드의 새

역자 서문

　칼 윌슨 베이커는 엘리스 해밀턴 커크랜드, 도로시 스카보로우, 캐서린 앤 포터, 나오미 시하브 나이 등 텍사스를 대표하는 여성 시인 중 하나로 손꼽힌다. 흔히 미국의 텍사스 주는 카우보이와 랜치, 원유채굴과 그 외 보수우파 정치가들 등 마초적인 남성 문화를 대표하는 지역으로 알려져 있어서 텍사스 출신 여성 문인들의 문학적 성취와 빼어난 문학적 재능은 묻히곤 한다. 그중에서도 베이커는 21세기 미국의 독서대중에게는(한국 독자는 말할 것도 없고) 낯선 시인이다.

　베이커는 대도시 시카고에서 문학도로서 연구와 창작을 하려던 계획을 중단하고 부모가 정착한 텍사스 남부의 소도시 나코그도치스에 내려온다. 문단 중심에서 활동할 계획을 접었지만 문학적으로 성공하겠다는 야심을 품고 교사생활을 하면서 창작에 전념한다. 나코그도치스의 사업가였던 남편을 만나 가정을 꾸린 이후 당시 미국 남부의 성차별적인 문화에도 불구하고 가사일과 양육을 담당하면서도 꾸준히 글을 써 출판사에 응모했고, 반복해서 거절통지를 받았음에도 포기하지 않던 중 예일대학교 출판부의 한 편집자의 지원을 받아 시집 두 권과 산문집을 출간하면서 시인으로서의 명성을 얻게 된다. 그

후 텍사스 주의 지역 문사이자 교육자로 탄탄히 자리 잡게 되었다. 아이들이 성장하자 베이커는 자신이 그동안 꿈꾸워 왔던 대로 시보다는 산문, 특히 장편소설에 집중해서 텍사스 주의 역사를 집중 취재한 역사소설 두 편을 출간하게 된다.

베이커에 대한 미국 문학계의 관심은 최근에 와서 나코그도 치스 소재 대학의 교수인 사라 래그랜드 잭슨을 통해 부활되었다. 잭슨은 2005년에 베이커의 전기를 텍사스에이엔엠 대학 출판부에서 출간했다. 이 전기의 편집을 담당한 제임스 그림쇼는 편집자의 서문에서 많은 미국의 독자들이 베이커의 이름을 거의 들어보지 못한 상황임을 인정했고, 잭슨의 전기가 베이커의 문학적 명성과 성취를 부활시켜주리라는 기대를 표명했다. 현재 미국의 문단과 학술계 일각에서 베이커를 알리려는 노력이 진행되는 한편 베이커의 잊힌 시집들이 복간되고 있다. 이번에 한국어로 번역된 베이커의 시와 산문집 역시 그런 노력의 일환이 되기를 바란다.

우리에게 통상 알려진 유명작가들은, 평생 문학창작에 열정적으로 헌신했던 알려지지 않은 작가들의 수에 비하면 한줌에도 못 미친다. 작가의 유명세란 시대적 상황뿐 아니라 출판계와 학계의 경향 등에 좌우되기 마련이다. 문학연구자이자 비평가로서 가장 중요한 것은 바로 이 대중의 관심이라는 사정거리에 미처 들어와 있지 않는 작가들을 찾아내어 문학적 가치를 제대로 짚어서 독서대중에게 소개하는 일이라고 생각한다. 그런 의미에서 이번 번역서는 낯설지만 매우 익숙한 정서를 우리에게 환기시켜주는 미국의 시인을 새롭게 소개한다는 점에서

의미가 크다.

한국의 일부 독자들에게는 아마도 베이커의 시 중 「곱게 나이 들고 싶다Let Me Grow Lovely」[1] 정도가 알려져 있을 것이다. 베이커의 시 중 유독 이 시가 번역되어 읽히는 사정을 감안하면 베이커를 지금 여기 한국의 독자들에게 소개하는 일의 의미를 우회적으로 새겨볼 수 있으리라. 베이커는 다양한 소재로 시를 썼지만, 특히 서정시에서 강하다. 예일대학교 출판사의 편집자가 적극적으로 베이커의 시를 『예일리뷰』에 싣고 첫 두 권의 시집을 출간한 이유도 바로 베이커의 시에 담긴 서정성이었다. 늙어가는 것에 관한 명상을 담고 있는 「곱게 나이 들고 싶다」가 잘 보여주듯이 베이커는 죽음과 필멸의 조건에 대해 깊이 사색했고 그것을 시에 담아냈다. 인간 존재가 처한 이 궁극의 조건에 대한 성찰은 아마도 침례교도 출신인 베이커가 어려서부터 익혀온 종교적 신념에서 비롯되었을 것이고 따라서 단순한 낭만적 회환을 넘어선 묵직한 철학적 사유를 담아 베이커의 중요한 주제가 되었다.

---

1) 이 시는 "아름답게 나이들게 하소서"라는 제목으로 번역되어 국내 독자들에게 알려져 있지만, 이 시집에서는 새로운 번역을 시도했다. 번역에는 정답이 없다. 모든 번역은 원본을 토대로 해당 시대의 문화적 경향과 취향을 반영해서 시도된다. 기존 한국어 번역이 기도문 형식을 취하면서 어미 처리 등이 고답적이었다면, 이번에 시도한 번역에선 좀더 현대적 어감을 살리고 특히 나이 들어가는 과정을 좀더 주체적이고 적극적으로 받아들이고 자신을 가꾸어가려는 여성의 심리를 반영했다. 원본이 하나라면 번역은 다양할수록 좋다고 생각한다. 다수의 번역이 존재할수록 독자는 원본 속에 담긴 복합적 의미를 충분히 감상할 수 있고 또 자신의 해석과 취향에 맞는 번역을 골라 읽을 수도 있기 때문이다. 원본 시가 뛰어날수록 그만큼 번역의 수도 많아질 터이다. 다양한 해석에 열려 있다는 의미이기 때문이다. 새롭게 번역된 베이커의 이 시가 독자들에게 색다른 감상을 제공하기를 바란다.

이미 십대부터 시와 에세이를 출간하고 20대 내내 시를 꾸준히 썼던 베이커는 30대 중반부터 『예일리뷰』에 시를 싣게 되었고 예일대학출판부에서 대표 시집 두 권 『푸른 연기』와 『딸기나무』을 출간했다. 이 번역본에 수록된 64편의 시는 이 두 시집과, 시집으로는 마지막이었던 시선집 『말 탄 몽상가』에서 선별한 것이다. 이 책의 첫 부분에 수록한 20편의 서정시는 평범한 일상인이 겪게 되는 피곤함과 나날의 무게, '막다른 길'과도 같은 하루하루의 시간 속에서 느끼는 자유를 향한 염원을 담고 있다. 베이커의 이런 서정적 경향은 시가 무엇인지 우리가 잊고 있던 것을 일깨우는 힘이 있다. 짧고 간단한 시행은 마치 어제와 같은 오늘, 또 내일도 변함없이 반복되는 일상처럼 단순해 보이지만 선택된 시어와 이미지들은 일상의 시간 밑에 흐르는 인간적 동력을 느끼게 해준다.

2부에 소개된 20편의 시는 일상에서 벗어나 자연, 특히 숲에서 경험하는 치유를 담고 있다. 베이커는 시에서 유독 나무를 자주 다루는데, 통상적인 비유와 이미지를 넘어서 나무에 대해, 또 나무와 시인 자신이 연결된 경험을 신선하게 표현했다. 가령 '나무와 산책한 뒤 오늘 내 키가 조금 더 자랐다'라든지, '소나무처럼 키 크고 쭉 뻗은 시를 쓰고 싶다'거나 나무를 '그림자 샘물'에 비유해서 나무가 드리우는 그림자를 정화의 샘물로 표현한다. 이런 싯구는 베이커만의 것이지만 반복해서 읽으면 우리 모두가 숲속에서 또는 나무와 벗하며 경험하게 되는 정서이다. 자연 속에서 우리는 말로 표현하기 어려운, 그러나 말로 표현하고 싶은 충동을 느끼게 되는 어떤 신비로운 경험을

하게 된다. 시인이 아닌 사람들은 그 순간을 어떻게든 표현하고 싶어 사진기나 휴대폰을 들이대고 셔터를 눌러보지만, 디지털미디어로는 좀체 잡히지 않는 그 감성은 그저 그 순간의 기억 속으로 영구 저장되기 마련이다. 그런 순간을 표현해 주는 시인의 언어를 만날 때의 기쁨은 시를 즐겨 읽는 독자라면 이해하리라.

베이커는 한 젊은 비평가가 어떤 시인의 시집에 대한 평론에서 시집에 나무에 대한 시가 없어서 다행이라고 쓴 구절을 인용하면서, 자신의 시집을 이 젊은 평론가가 읽는다면 틀림없이 실망하겠지만, 그래도 시인이 나무에 대해 시를 써야 한다고 강조한다. 왜냐하면 시인은 나무가 딱딱한 껍질로 싸인 식물 그 이상이며 겉으로 보이는 모습 이면의 나무가 갖고 있는 생명과 그 영혼을 포착해야 하기 때문이라고 한다. 나아가 평범한 것의 평범성을 비범하게 포착하는 능력, 즉 나무가 나무이면서 나무를 초월하게 되는 순간을 언어로 포착하는 것이 곧 시인이 갖추어야 할 능력으로 꼽는다. 평범한 것에 담긴 영적인 생명을 담아내는 것이 시의 민주주의라는 베이커의 생각은 영국 낭만주의 시인 워즈워스의 시론을 그대로 따르고 있다. 이런 점에서 베이커는 당대 막 발흥하기 시작한 현대시, 즉 모더니즘의 경향에 맞서 서정적 낭만성을 지키려고 한 시인이라고 할 수 있다. 당시 그 젊은 비평가의 발언이 20세기 초 모더니즘적 시각에서 19세기적 낭만주의 시에서 상투적으로 자연을 노래한 것을 비판적으로 지적한 것이라고 추정해 본다면, 베이커는 당시 저물어가던 낭만주의적 시의 명맥을 유지했다고 볼 수 있다.

　번역서의 3부는 종교적 주제를 담고 있는 서정시 24편을 담았다. 앞서도 언급했지만 베이커는 침례교도 가정에서 자랐다. 성장과정에서 침례교회의 보수성을 비판하고 자신만의 신앙을 키워가면서 교회를 바꾸기도 하지만, 기본적인 종교적 성향은 지켰다. 하지만 문학적 탐색은 베이커의 신앙심을 좀 더 인본주의적으로 바꾸었고 또 그녀만의 성격과 개인적 관심에서 신비주의적이며 영적인 측면에 더 집중하게 되었다. 영국낭만주의의 초자연주의적 신성에 대한 문예적 관심이 베이커의 시에도 나타나며 베이커 자신이 심리학과 초감각적 영적 체험을 공부하고 실험했던 터라, 물질적 세계 이면의 영성에 대한 탐색이 베이커의 종교적 시에 표현되어 있다. 현대 독자들에게 베이커의 시가 짐짓 고답적이며 지나치게 종교적으로 보일지도 모른다. 가령 '신'이라는 단어가 자주 등장하며, '아버지의 나라'라던가 '천상', '영혼의 성좌', '신실한 존재' 등과 같이 기독교도에게 익숙한 표현들이 사용되는 점이 그렇다. 하지만 선입견을 뒤로 하고 베이커의 시를 순수한 서정시로 읽게 되면 종교적 색채가 짙은 시들 역시 1, 2부에 수록된 인간의 존재와 자연에 관한 시들처럼 삶의 덧없음과 필멸의 숙명, 아름다움이 주는 고통과 죽음 이후의 내세를 믿어야 한다는 신념에 대한 철학적 회의, 일상생활의 번잡함과 소소함에 마주해서 인간으로서 감당해야 할 삶에 대한 책임과 의무, 자연의 치유력과 문학의 힘에 대한 신념 등의 주제들을 변주하고 있다. 베이커의 시는 간단히 정리하면 낭만주의적 전통에 현대적 감성을 결합해서 필멸의 조건이라는 인간 존재의 숙명을 다루고 있고, 거기에 더해서 현대사회에 더욱 심화되어 가는 일상이라는 나날의 참을 수 없는 가벼움을 감당해 가며 인본주의적 의무를 다해야 한다는 주제를 성찰을 통해 다루고 있다고 할 수 있다.

베이커의 시는 다시 한 번 시가 있어야 할 곳은 서정이라는 점을 일깨운다. 정치적 담론이 넘쳐나고 소셜네크워크 등 다양한 플랫폼이 제공되어 말들이 오염되는 시대에, 시가 필요한 이유는 바로 서정에 있다. 정서와 사유, 감각과 체험을 정치, 경제, 과학, 거래와 소비가 아닌, 가장 순수한 인간성에서 발현되는 언어로 담아내고 표현해 내야 할 필요성 — 그건 시가 다른 언어적 사용보다 월등하거나 특별해서가 아니라, 다른 것들이 번창하는 와중에서 적어도 한쪽에 서정의 언어를 위한 자리를 남겨두고 지켜주어야 한다는 의미에서이다. 베이커의 시가 이런 점에서 한국의 독자들에게 서정의 기억을 다시 불러올 기회가 되기를 바란다.

4부와 5부에는 베이커의 산문을 실었다. 베이커는 어려서부터 시를 써왔기 때문에 시를 쓰는 일이 매우 쉬웠다고 한다. 베이커에게 시는 창작의 고통을 통해 쥐어짜듯 만들어내는 것이 아니라 자연스럽게 영감으로 불현듯 시가 오면 베이커의 숙련된 성찰과 사색을 통해서 묵혔다가 언어로 표현해 내는 과정으로 만들어진다. 마치 습관처럼, 또는 숨 쉬듯이 시를 썼던 베이커는 의외로 진정한 작가의 일은 장편의 산문이라는 믿음을 갖고 있었다. 출판계나 연구자들이 이구동성으로 베이커의 서정시를 환호하고 좀 더 쓰라고 해도 베이커는 자신의 작가적 사명을 긴 호흡의 서사라고 믿었다. 자신의 서정시를 좋아하는 독자들이 많아서 베이커는 기꺼이 시를 쓰고 출간하고 낭독회와 강연활동, 그리고 대학 강단에서 가르치는 일을 마다하지 않았지만, 중년의 나이가 되면서부터 시쓰기를 중단하고 자신의 작가적 열정을 장편소설에 쏟았다.

현재 이 번역서에서는 그녀 스스로 역작이라고 꼽는 후기의 역사소설은 소개할 수 없지만, 베이커가 시인으로 명성을 다져가는 동안 출간해서 호평을 받았던 잠언적 산문집 『낡은 동전』과 작가로서의 인기를 확실히 인증해 준 새에 관한 에세이집 『탱클우드의 새』에서 선별해서 수록했다. 『낡은 동전』에서 뽑은 총 11편의 짧은 글은 알레고리적 우화 장르의 이야기로 종교적이며 도덕적 색채를 담아 삶의 지혜와 깨달음에 관한 내용을 담고 있다. 알레고리적 우화란 표면의 이야기 이면에 진중한 주제를 담고 있는 장르로, 사실주의와는 달리 가상이나 환상적 틀 속에서 통찰과 지혜를 담거나 도덕적 교훈을 전달한다. 베이커의 잠언적 이야기에는 시에서와 마찬가지로 베이커의 고유한 삶에 대한 통찰을 담아내었다. 가령 「잘 길들인 진주」는 아무리 아름다운 것이라도 실용적인 가치로 따지면 무용하다는, 매우 선명한 주제를 간결하게 담아낸다. 당시 예일대학출판사의 편집자가 『낡은 동전』 초고를 읽고 "이 작은 이야기들에 사로잡혔다"고 베이커에게 고백하기도 했다. 앉은 자리에서 단숨에 읽을 수 있는 길이의 짧은, 마치 동판화나 스케치를 재빨리 보면서 어떤 정조를 느낄 수 있는 것과 같은 종류의 이 산문들은 시적 효과와 정서를 담고 있어 시라고 해도 손색이 없을 만하다고 한 서평가는 적었다. "낡은 동전"이라는 제목은 베이커가 직접 지은 것인데, 동전수집가처럼 문학적 글의 수집을 취미로 하는 사람에게는 오랜 정원에서 우연히 발견한 낡은 동전이나 소품처럼 매우 사적인 가치를 지니게 될 것이다.

베이커의 부모가 살았고 후에 베이커가 가족과 함께 살았던 집인 탱글우드에는 정원이라기보다는 커다란 마당이 있었다. 탱글우드라는 이름은 이곳의 식물들이 제멋대로 자라 엉킨 모습에서 땄는데, 이 책에 수록된 「창가 간이식당」은 베이커가 아팠던 시기에 창 가까운 곳에 자리를 마련하고 누워 새를 관찰했던 경험에 기초해서 쓴 에세이다. 베이커는 나무 외에 자연의 물상 중 새를 좋아해서 거의 조류학자 수준에 이를 정도로 박학한 정보와 지식을 보유하고, 새 관찰자로서 지역공동체에 이름이 알려져 있었다. 새에 관해서 쓴 글에도 베이커의 특징인 일상생활에서 발견한 지혜와 통찰, 자연의 섭리와 치유력, 종교적 믿음이 담겨 있는데, 특히 이 글에서는 새를 빗대어 인간성과 당시 사회상에 관한 개인적 사유를 표현하고 있다. 가령 홍관조 한 쌍에 대한 대목에서 베이커는 겉으로 보이는 화려함보다 평범한 것의 아름다움에 대한 자신의 견해를 피력한다.

자세히 바라볼 때 비로소 사랑스럽게 우러나오는 아름다움은 특별하다. 아름다움을 부드럽게 다루려는 시도조차 하지 않는 이 세상에서 내겐 언제나 닳고 닳은 친숙함을 버텨낼 수 있는 것만이 소중하게 여겨진다.

또 흔하디 흔한 흰목과 새들과 관련해서 베이커가 딸과 겪은 소소한 일화를 통해서 다시 평범한 것, 일상적인 것의 소중함, 집단이나 계급 등으로 분류될 수 없는 찬란한 개체성을 강조한다.

> 우리는 모두 '그냥'이라는 존재가 되고 싶진 않지. 우리
> 는 서로 상대방을 '그냥'의 부류로 밀어넣으려고 얼마나 악
> 다구니를 부리는지.

우리가 그건 그냥 그래, 라는 말로 치부해 버리는 숱한 것들이 하나하나 개체적 생명으로서 소중하다는 인식은 베이커가 '대령'이라고 부르는 절름발이 파랑어치를 소개하는 대목에 이르면, 개체적 특성이란 단순히 개성이나 재능이 아니라 절름발이 같은 신체장애처럼 어떤 고통의 표지마저도 인간과 인간을 이어주는 공감대이며 한 존재를 기억하게 만드는 고유하고도 특별한 빛 같은 것이라는 통찰력으로 발전해 간다.

이 책에 수록된 베이커의 시와 산문은 각각의 장르적 특성과 차이에도 불구하고 앞서 언급한 대로 베이커만의 독특한 시각과 사유를 담고 있다. 이제는 거의 한 세대를 넘어서 한 세기 가까이 지난 전 시대의 문학텍스트를 번역하는 일은 언제나 힘겹고 끊임없는 수정과 퇴고의 과정이다. 그러니 베이커의 시를 번역하는 것이 어려웠다는 말을 여기서 하진 않겠다. 다만 베이커 시는 특히 자신만의 내면에서 일구어진 사색과 영적 체험

을 담은 표현들이 많아 그것을 한국의 독자에게 가독력을 갖추면서도 흥미로운 시로 번역해 내기란 녹록치 않았음을 밝힌다. 외국어로 쓰인 시는 반드시 해당 언어로 읽어야 그 시적 경험을 완성시킬 수 있다고 생각한다. 하지만 외국시를 번역해서 읽는 일은 모국어의 시적 상상력과 감수성을 확장시키는 일종의 모험 같은 경험이라고 믿는다. 외국어란 개인 존재에게 주어진 장애물 중 하나이다. 세계 속 시민으로 살아가는 우리는 저마다 그 장벽을 갖고 있다. 그러니 번역은 불가능한 작업이지만 필요불가결한 과정이다. 번역된 문학을 읽는 독자에겐 모국어로 재창조된 외국 작가의 시적 감성과 경험, 상상력과 문명에 대한 사색을 접하게 된다. 시를 번역하는 일이란 바로 모국어가 외국 문화를 받아들여 확장되고 변형되며 재창조되는 과정을 목도하는 것이다. 시의 번역은 따라서 모국어가 자신의 언어적 체계를 유지하려는 본능적 반응과 외국어의 진입이 가져오는 새롭고 낯설며 기이하고 신비로운 충격을 수용하는 양면적 과정이다. 이런 차원에서 이 책에 실린 번역시와 산문을 통해 베이커의 다음과 같은 말이 어떤 울림으로 독자에게 다가가기 바란다.

[내게] 분명한 진실은 나는 써야만 한다는 것입니다. 예술가가 되어야 합니다. 내 깊은 저 영혼의 비밀은 말합니다. 그렇지 않다면 인생은 무가치한 것이라고. 평범한 삶이 참을 수 없는 것은 그 견고함이 아니라 바로 무의미함 때문입니다.

평범함의 무의미성을 마술처럼 변화시키는 것, 그것은 바로 시의 언어, 즉 문학의 힘이다. 이 책이 번역이라는 거추장스런 과정 속에서도 독자에게 이 힘을 느끼게 해준다면 좋겠다.

번역을 마치며 칼 윌슨 베이커의 시를 번역해 보면 어떻겠냐고 제안해 준 고찬규 시인님께 감사의 인사를 하고 싶다. 시인님의 제안을 통해 만나게 된 베이커는 번역 과정에서 자료조사를 하고 작품을 읽어갈수록 문학의 의미, 창작의 과정에 대해 많은 것을 알려주었다. 지면관계상 베이커의 사회와 역사에 대한 관심, 특히 당시 대두하던 여성해방과 선진적 가치관에 대한 헌신 등을 다루지 못했지만, 작가로서 작품 활동과 문학적 상상력이 가져올 놀라운 변화에 대해 깊은 신념을 가진 베이커는 오래 두고 읽어야 할 텍스트임은 분명하다. 또 번역원고를 세심하게 읽어준 편집자님께도 감사드린다.

낯선 시인을 기꺼이 만나줄 용기를 지닌 어떤 낯선 독자를 상상하며.

I

고요한 사물처럼 사랑받고 싶다

오랜 슬픔의 다정한 얼굴*

오랜 슬픔의 다정한 얼굴을 사랑한다.
이 친구들과는 비밀이 없다.
예전에 퍼부어댔던 지독한 말들은
시간이 흘러 이제 다 잊힌 듯하다.

새로 슬픔이 생겨나 저기 저렇게 서서
차갑고 근엄한 눈초리로 나를 옴짝달싹 못하게 한다.
오랜 슬픔이 세월이 흐르며 달라진 모습을 기억할 수 있
다면
내가 좀 더 용기를 내볼 텐데.

* 베이커가 자신의 시 중 최고의 작품으로 꼽은 시이다.

나날

어떤 날은 생각들이 차갑고 생기 없이 눈먼 누에고치처럼 마음의 숲속 잿빛 젖은 나뭇가지에 매달려 있다.

또 어떤 날은 생각들이 가볍게 떠다니며 찬란하다. 그토록 자유로운 비행이라니!
생각이 날개를 비비면 내 머리카락에 금빛 먼지가 내려앉는다.

별밤

오늘 하루는 몸에 맞지 않은 옷을 입은 것처럼 성가시다.
빨리 벗어버리고 싶다.

어깨 위로 오늘을 벗어 던지려는데, 어,
보석 하나 머리카락에 걸렸다.

곱게 나이 들고 싶다

곱게 나이 들고 싶다.
레이스, 상아, 황금, 비단처럼
섬세하고 고운 것들은
새것일 필요는 없지.
늙은 나무에서 위안을 받고
오래된 거리에 더 끌리기 마련이다.
나라고 그렇게 되지 못할 건 없지.
나이 들어갈수록 사랑스러워졌으면.

여행길에 오르며

당신의 티 없이 맑은 시간을 내어주어
나를 떠나게 하십시오.
어수선한 하루
느리게 흘러가는 일 년.

여행길에 오를 때 소박한 파티를 열어주십시오.
술집 문 밖에
브라우니와 와인을 놓아두면
떠나기 전에 들러 먹고 가겠습니다.

별들은 아주 멀고
내 발걸음은 종종거릴 뿐
어서 서둘러야겠습니다
여기저기 다 가봐야 하니.

길에서 배운 지혜

그들은 내게 동전 한 푼이라도 절약하라고 했지만
나는 근검절약과 지혜 따위는 경멸했다.
동전을 무릎 가득히 쏟아놓고
늙은 집시의 눈을 기쁘게 해주었다.

엄마가 준 행운의 부적마저
금속 브로치와
여행자를 위한 묘약을 사기 위해서
감언이설 집시의 손바닥에 올려놓았지.

더 이상 내 눈앞에 화려한 리본과
번쩍거리는 물건들을 흔들어대지 마.
나는 5월의 어느 날 아침 여행을 떠났고
그건 정말 현명한 결정이었다.

어느 도시에 있다는 낡고 어둑한 오래된 상점
죽기 전에 꼭 그곳을 찾아가리라.
내겐 고작 세 푼밖에 남지 않았지만
그 돈으로 뭘 살지 이제는 잘 알고 있다.

떨기나무

내 마음의 새가 불평을 한다.
지치고 피곤해서 둥지에 축 늘어진 채
"제발 여기서 내보내줘,
쉬고 싶어!"

나는 새를 꺼내 밖으로 나갔다.
모래로 덮인 샛길을 걸어 올라가면
작은 집들이 풍파에 시달린 듯 볼품없이 늘어서 있다.
도시와 시골이 만나는 곳

저쪽 구석에
부스스하고 황량하게
겨우내 빛이 바랜 떨기나무 가지 하나가
벌거벗은 땅 위로 솟아나 있다.

아직 잎도 나지 않은 가지에 꽃 한 송이 달려 있다.
창백한 장밋빛 불꽃 같은 뾰족한 모양의 꽃봉오리 세 개
내 마음은 쌩하고 공중에서 원을 그렸다가
다시 내 속으로 들어와서는

특별할 것 없는
딸기나무 꽃봉오리를 봤을 뿐인데
이렇게 소리쳤다, "이제 집에 데려가줘,
다시 노래 부르고 싶어."

아침의 노래

언덕 위에 부드러운 빛이 걸려 있는 시간
어디선가 수선화는 샛노랗게 물들고
꿀은 더 달달해지겠지.

누군가는 돌멩이처럼 머무르려 하고
늘 알고 있던 것만 알고자 하며
자신에게 더 깊이 파고들겠지.

하지만 바람과 나를 따라와봐.
이제 출발하는 거야, 자유로움을 향해.
우리가 함께 자유로워진다면 더 기쁘지 않을까.

막다른 길

나는 막다른 길이 좋다.
블라인드 쳐진 벽으로 둘러싸여 있어도
저 높고 좁은 꿈들이
인간의 시야로 미끄러져 들어온다.

나는 막다른 길이 좋다.
아침햇살이 들어오는 쪽문
불빛을 비추는 마지막 술집
저녁이 오는 시간.

나는 막다른 길이 좋다.
가파른 층계 위에서
한밤중에 뭔가 뒤를 돌아보고
내게 이리 오라고 부를 것 같다.

비바람 칠 때

하루가 저물어가는 시간 심란해진 내 마음이 날갯짓하며
굶주린 새처럼 바람을 따라 원을 그린다.

한치 앞도 볼 수 없는 비바람 속 고된 비행
서럽게 울면서 힘겹게 날갯짓하는 고달픈 마음.

가정주부: 겨울 오후

창틀 위에 아이들의 고양이가 앉아 있다.
집 안을 고요히 채우는 작은 소리들.

선반에 놓인 갈색 사냥모자
너무 낡아 치워버려도 존은 다시 집어다 놓는다.

노랑 밥그릇에 노랑 수선화 꽃이 피었다.
나는 모두에게 영혼이 있다고 믿는다.

우리 몸은 섬세하고 풍성한 꿈을 꾼다,
푸른 찻주전자가 향기로운 증기를 뿜어내듯이.

윌리엄 블레이크*는 지상(地上)의 집을
"천사의 집이 만든 그림자"라고 묘사했다.

때가 되어 천사들이 내 무덤 위에
(한때 그들은 붉은 피부를 자랑하며 용맹을 떨쳤다.)

낡은 푸른빛 찻주전자와 밥그릇을 올려놓아 준다면

이 새로운 행복에 좀 더 빨리 적응할 수 있을 텐데.

다시 꿈꾸지 못한다면, 이 행복한 바보는
지금처럼 자니**가 학교에서 돌아올 때까지 기다려야겠
지.

* 윌리엄 블레이크: 19세기 영국낭만주의를 대표하는 시인으로 신비주의적 색채가 짙
은 기독교적 내용을 담은 상징적 시를 썼다. 특히 수호천사라는 형상을 판화로 많이
그렸고 시에서도 자주 다루었다. 신을 보위하면서 지상에 신의 뜻을 이루도록 인간을
지도하는 역할을 담당하는 천사는 인간이 신의 세계를 경험하고 입문하는 데 중간
자적 역할을 하는데, 삶의 고행과 죽음이라는 운명을 감당해야 하는 인간과는 대조
적이어서 생의 유한성을 역설적으로 부각하는 효과를 갖는다.
** 자니는 존의 애칭이다.

노상강도

그는 바위 사이에 몸을 숨기고
야심만만한 계획을 품은 채
꿈이 가득 차 있는
내 작은 요정 지갑을 훔치려 한다.

하지만 나는 고통의 맛을 본 적 있고
환희의 날개도 달아봤으니,
왕들의 손아귀에 든 전리품처럼
내가 얻은 이 부(富)는 누구도 절대 손댈 수 없다.

아름다움의 무게

비가 그치고 구름이 걷히니
산, 대륙, 지구가 눈에 들어왔다.
보석이 치렁치렁 달린 길고 무거운 가운을 입은 것처럼
아름다움이 내 마음속에 고통스럽게 자리 잡았다.

풀밭 아래 땅속에 누워
영겁의 시간 동안
산이 행군하는 하늘을
볼 수 없는 처지는 아니니 다행이었다.

아름다움은 고통스럽다.
죽고 나면 다시는 못 보게 되니
산은 더 이상 그 장엄한 영광을 선언할 수 없고
천상의 도시로 행군하지 못한다.

죽으면 다시 못 본다는 생각
떨쳐내고 나니
아름다움의 굴레는 견디기 쉽다.
벗어날 필요가 없으니.

해질녘 한숨

구름이 불타오르는 곳에 장미의 재가 날린다.
한 숨 내쉬는 사이 재빨리 가라앉는 불.
기억으로 저장된 아름다움
고요한 지붕과 꿈꾸는 첨탑 위 잿빛 장미의 갈망
아름다움은 다시 재로 돌아오고
거칠 대로 거친 오래 묵은 욕망이 깜박거린다.
재는 죽지 않는 환희의 새
한 숨 내쉬는 사이 무수한 장작더미 위로 타오른다.

아침의 노래와 함께 피어오르는 재
영원 속 찬란한 장미가 불탄다.
우리의 모든 수고를 조롱하는 재의 아름다움
젊은 웃음이 늙은 바윗덩어리 같은 공포로부터 콸콸 흘
러나온다.
재가 타오르면 삶은 삶을 위해 꾸미고
미래는 우리가 흘리는 눈물로 보석을 만든다.

언덕 계단

가벼운 발걸음으로 언덕을 내려와
계곡 저 아래 도시를 향해 달린다.
잔광을 받은 지붕이 분홍빛이 되어가는 사이
창백한 빛 속에서 당신이 나타난다.

계단 꼭대기에는 왕의 꿈에서 나오는
진주로 만든 탑처럼 태양이 걸려 있다.
모든 굴뚝에서 푸른 날개가 나오고
모든 창문에서 불꽃이 타오른다.

당신이 내려온다. 하나, 둘, 셋
열두 개의 계단을 내려온 두 발이 단단한 땅을 밟는다.
일 분도 채 안 되어 당신은 냄새를 맡게 될 것이다
칠리 가판대에서 풍겨오는 양파의 냄새를.

욕심 많은 유령

그리고 나는 걸을 것이다,
숨쉬기로부터 풀려난 유령이 되면.
죽었다고 흐느끼며 화내는 딱한 마음 때문이 아니라
그저 걷는 게 좋아서이다.

내가 살아온 세월을 꼭꼭 집어내 묶어둔
이 빛나는 땅 지구를 보고 싶다.
복숭아 위에 서 있는 파리도
반대편으로 기어갈 수 있다.

구름의 첨탑들은 별 하나의 반짝임을
기다릴 수 있다. 그러니 기다려라,
내가 모든 언덕에 서서
고대 로마를 바라보고

그리스에 손 키스를 해준 뒤
알제리에서 야자수 나무 그림자를 건너갈 때까지.
위대한 넋이 눈물을 흘린 돌 무덤가에서
무릎 꿇을 때까지.

명성의 욕망*

나는 아침, 점심, 저녁 이 일상의 완고함과
씨름하고 있다. 축복받기 전에는
나날을 그대로 흘려보내진 않겠다.
천천히 말없는 시간의 발자국을 따라가고 있다.
예술과 지식의 미묘한 길들이 혼란스러운 미로를
내 발밑에 펼쳐두고 있지만 과감하고 대담하게
한 방씩 공격하며 처절하게 전투를 벌이고 있다.
휴전은 하지 않을 거다, 명성의 월계관을 쓸 때까지.

하지만 때로 아무리 애쓰고 노력해도 갈증이 일고
고통과 좌절감에 심장이 갉아 먹히기도 하겠지.
통증이 갈수록 심해져도 이 전투를 시작했던 때처럼
내 영혼은 한결같다.
첫사랑은 단 한 번의 키스만으로도
흙먼지 날리는 메마른 우물을 가득 채울 수 있다.

* 이 시는 1914년 『예일리뷰』에 실린 네 편의 소네트 묶음 중 한 편으로 시인으로서의 입지를 다지게 된 결정적 계기를 만들어주었다. 이 시의 화자처럼 베이커는 작가로서 일가를 이루리라는 욕구가 강했다. 외조모와 어머니로부터 물려받은 문학적 열정을 간직한 베이커는 작가로서 성공해서 이름을 얻고자 하는 야심을 진지하게 표현하기도 했는데, 이런 면모는 당시 여성으로서 성공한 작가의 반열에 오르기가 아주 힘들었던 시대를 감안하면 베이커가 문학을 그저 가정주부의 시간 보내기 일환이 아니라 아주 진지하게 생각하고 작가적 명성을 얻기 위해 공부하고 꾸준히 노력했음을 반증하는 것이다.

고요한 사물처럼 사랑받고 싶다

고요한 사물처럼 사랑받고 싶다
해를 안고 날아가는 흰 비둘기
하나둘 차례로 떨어지며 속삭이는
돌돌 말린 노란 잎

대지를 뒤집어놓을 기세의 불길 속
고통스럽게 태어났어도
출생의 비밀을 발설하지 않는
과묵한 은빛 연기

구름의 섬, 나무의 쭉 뻗은 팔,
푸르른 정오에 떠올라
주목받지 못한 채 길을 잃고
다 해져버린 작은 달의 갈망.

내 마음의 천둥 소리는
숨 막히는 먼지더께 아래에서 사라져야 한다.
잿빛 드레스가 해주었던 일을
풀잎이 해주어야 한다.

심장이 크게 쿵쾅거리고 아우성쳐도
모든 것이 끝나고 나면
오직 고요만이 남겠지,
내가 죽고 나면.

내 숨이 멈출 때

이 세상보다 더 아름다운
또 다른 세상이 있다면
내가 받은 축복으로 무엇을 할지
잘 알 수 있으면 좋겠다.

지금 나는 여기 수액이 뚝뚝 떨어지는
4월의 나무처럼 서 있다.
아름다움의 실개천이
나로부터 조금씩 흘러나온다.

이젠 하늘 높이 떠오른 보름달이
나를 황금으로 물들이고
탐욕스런 감각들을
버티기 힘들 정도로 쌓아 올린다.

이 아름다움 때문에
숨이 멈춘다면
내 벌거벗은 영혼은 어떻게
천상의 수정 같은 이 빛의 물결을 감당할까?

대안

살아온 세월은 절름발이였지만
나는 날기 위해 애를 썼다.
이제 죽음이 나에게
갈매기의 날개를
가져다주길.

그러나 죽음은 쉽게 오지 않는 법.
나는 안다, 그 깊은 잠이 바로
축복이라는 것을.

II

나무와 산책한 뒤 오늘 내 키가 조금 더 자랐다

빗속 소나무

내가 사랑하는, 은빛, 초록, 갈색의 시간
소나무 숲속에서 귀 기울여 많이 배웠다.
솔잎 가지 사이로 옅은 비가 부드럽게 뿌렸고
빛이 없는 보석을 매단 낮은 깃털들을 만져보았다.

소나무처럼 키 크고 쭉 뻗은 시를 쓰고 싶다.
소나무가 내게 말해 준 것을 누군가에게 전할 수 있다면!
나무처럼 확실하고 단순하며 고요하다면
나도 소나무 못지않게 말할 수 있을까.

한숨과 노래

자유로운 바람은
나의 어머니
그런데 왜 나는 나무처럼
같은 자리에 머물러 있을까?

늘 자유로운 새는
나의 아버지
내가 줄 수 있는 것은
고작 한숨과 노래뿐.

나무가 건넨 말

며칠 동안 내 언덕에 서 있는 소나무들이
자신들이 품고 있는 비밀에 대해서는 함구한 채
웃음기 뺀 목소리로 말했다.
"우린 오늘 당신과 얘기할 수 없어요."

나무들이 아주 가까운 친구처럼 여겨져서
내게 키스 한 번 해주길 갈망하다가도
한두 마디라도 말을 걸어주면
나는 마치 파티에 초대받은 듯 기뻐 어쩔 줄 모른다.

비오는 날

저 높이 잿빛구름 사이
회색 비를 뚫고
물결무늬 열을 지어서
들오리 떼 줄 지어 날고 있다.

레이스 실보다 연약한
허깨비 같은 사슬이
잿빛 황량함을 뚫고 꾸준히
내 마음을 잡아끌고 있다.

호수 밑바닥 세상

바닥이 구름으로 덮이고
키 큰 검은 나무들이 매달린 세상이 있다.*
머리 쪽에서 광채를 내뿜으며
깃털 달린 미스터리**를 안고 있다.

소나무가 거꾸로 자라는 세상
그곳에서는 공기(空氣)가 보인다.
맑은 유리보다 더 맑은 공기 속에서
나는 뭔가를 잃어버렸다.

노를 들어올려
한참을 바라보았다
물의 마력에 내 심장이 붙들렸다.
꿈꾸는 의지도 사로잡혔다.

저 물결치는 바닥으로
스며들어 가고 싶다. 지금은 없지만
한때 갖고 있었던 것을 찾기 위해
몸을 던지고 싶다.

* 햇살이 내리쬐는 호수 물 위에 비친 나무의 그림자를 묘사한 것이다.
** '깃털 달린 미스터리'는 새를 의미한다.

시인을 위한 다락방

번데기에서 반쯤 나온 제왕나방
마저 빠져나올 힘이 없어 보였다.
단단해도 깨지기 쉬운 껍질을 건드려봤지만
너무 늦었다. 나방의 날개는 화려했지만
부서져서 날 수 없었다.

번데기라는 한계는 애벌레가
날개에 집중할 수 있게 해주는 힘의 원천.
하지만 밖으로 나올 때는
신속히 움직여야 하고 운도 따라야 한다.
그래야 훨훨 높이 날 수 있다.

고요

갈매기가 바다의 물보라를 좋아하듯
나는 고요를 사랑한다.
내 심장의 박동소리마저 묵음 처리해 버린
고요의 담요 아래 있는 걸 좋아한다.
턱까지 담요를 당긴다. 머리 위까지 덮어쓰기도 한다.
타인의 발걸음이 언제나 반갑지는 않다.
내 마음속 샘물에 분탕질을 해놓기 때문이다.
아이들의 발걸음도 마찬가지다.
환호성을 지르며 물을 뿌려대다
뭣 모르고 연약하고 맑은 거울을 부숴버린다.
때때로
내 하늘나무의 잎을 이리저리 날려 보내고
미지의 꽃을 익사시킨다.

그래도 고 작은 발들은 어찌나 앙증맞은지!

불구자

책장 선반에 새가 날아와 종종거린다.
한쪽 다리가 잘려서 외발로 서 있다.
날개 달린 친구가 몸이 성치 않은 모습을 보니
마음이 아프다.

새가 날아가려고 날개를 펼치자
웃는 것처럼 보였다
부질없이 가여워하는 내 마음에
수치심을 주려는 듯.

이 새는 제대로 앉을 수 없고
뽐내고 걷거나 거들먹거릴 수도 없지만
날개만큼은 다른 새들처럼, 아니
어쩌면 더 강할지도 모른다.

뿌리와 꽃

고통은 풍요로운 흑토(黑土)
내 뿌리는 더듬대며 쭉 뻗어나가
고집스럽게 발을 내밀어
그곳의 영역을 차지하려 든다.

그러나 잎과 나무껍질을 감싸고 있는
섬세한 대기가 있는 저 위에선
환희가 꽃의 거품처럼
어둠 속에서 터져 나온다.

온화한 헌사

시카모어*, 당신은 시인이야
조연급 시인.
당신은 현실 세계에선 그다지 쓰임이 없는 터라
일찍이 누더기 잎을 다 떨구어내고 풍경을 시끄럽게 메우
고 있어.
하지만 겨울 저녁엔
잔광을 배경으로
헐벗고 창백하게 다소 경멸하는 듯 서 있지.
그게 진짜 당신의 아름다운 모습.

* 시카모어: 플라타너스와 무화과 등의 나무를 총칭하는 이름.

겨울꽃

부엌 문간에 꽃을 기른다.
나의 비둘기, 은빛 백합이 활짝
서리가 내려 살해당한 정원 저편에
거친 아름다움으로 꿈결처럼 부드럽게 퍼져 있다.

굴뚝과 연통 너머 꽃들이 피어난다.
푸른 연기의 아이리스, 형체 없는 사물
내 손이 미치지 않는 진줏빛 난초
오직 내 허기와 갈증만이 날아다닌다.

그러다 꽃들의 빛이 사라져
그림자처럼 소멸해 버리면
나는 소박한 집 안 난롯가에 무릎 꿇고 앉아
불타오르는 장미 한 송이로 내 마음을 녹인다.

가을 단풍나무

단풍나무가 변하고 있다.
나무의 불꽃이 점점 더 높이 일렁이면
단풍나무의 붉은 불 속에서
하루 종일 내 마음도 타오른다.

회색의 빛바랜 재처럼
나의 죄는 체로 걸러진다.
도시로 돌아갈 때는
불에 다 타버린 심장을 갖게 되겠지.

비와 바람

나는 비를 사랑해.
하지만 비 울음소리는 너무 구슬퍼.
비의 은빛 아름다움 따윈
내겐 필요 없어.
꼭 닮은 슬픈 여인*이 사는 내 마음속엔
항상 비가 내리니까.

나의 진정한 사랑은 바람.
바람은 내게 미소로 구애를 하지.
바람의 청혼을 받은
슬픈 여인이 은빛 베일을 걸고
사냥꾼으로 변해 바람과 함께 산을 달리면
여인의 머리에 묻은 빗방울은 차가운 보석이 되고,
여인의 눈물은 작은 새가 된다.

나는 바람을 사랑한다.
웃음을 머금고 달려가는 별빛처럼 반짝이는 바람,
저 외계에서 온 나의 진정한 연인!

* '슬픈 여인'은 시인의 마음속 슬픔을 빗댄 표현.

부드러운 비

　부드러운 비가 내리는 세상에는 성숙한 여인을 위한 자리
가 있다.
　섬세하면서 무방비한 상태의 아름다움과
　상냥함을 위한 자리.
　신부의 베일처럼 가녀리고 어린 소녀의
　간절한 마음을 위한 자리도 있다.
　찻잔이 부딪칠 때처럼 부서지기 쉬운
　나이든 여인의 마음을 위한 자리도 있다.
　우리는 너무도 오랫동안 비 때문에 흐려져 있었다고
　그들은 말한다.
　말할 것도 없이 그들은 옳다.
　지금은 살을 에는 바람과 땡볕의 시간이다.
　하지만 오늘 나는 부드러운 빗속을 걸어오면서
　헐벗은 느릅나무의 검은 망토 사이로 새어나온
　안개를 봤다.
　그 안에 깃든 영원한 아름다움이
　내 마음을 평안히 감싸주었다.
　안개는 내게 보여주었다.
　피곤한 이 세상 속 작은 방일지라도

언제나 여인을 위한 자리는 있을 것임을.
옥수수와 호박을 수확하는 일에 몰두하는 가정주부의 생
활과
바람의 발키리*가 품은 페미니즘의 분노로 고단해진 세
상이라도
시간이 흐르면
거친 우박과 진눈깨비와 천둥이
부드러운 비와
옅은 안개로 바뀐다.
비의 세상이 된다.

* 발키리 : 북유럽 신화에서 주신(主神)인 오딘을 섬기는 싸움의 처녀들. 오딘의 시녀.

새 그림자

물 밑에서 새가 날아간다.
가슴과 날개의 광채
물 아래 스치듯 지나가는 새
노래를 부를까? 궁금하다.

물결 아래로 새가 미끄러져간다.
반짝이는 날개와 가슴
너울거리는 물결
둥지를 트는지도 궁금하다.

은빛 원으로 퍼져나가는
물결 밑 덤불 속에서
둥지 트는 새 한 마리를 발견한다면
새가 부르는 노래를 들을 수 있다면

나는 비밀을 알게 될지도 모른다.
한 번도 들어본 적 없는 음악
물밑에서 일어나는
새 목구멍 속 전율.

레시피

누군가 내 은거(隱居)에 찾아와
문을 두드렸다.
"무엇이 새를 노래하게 합니까?"
"푸른 하늘, 그리고 새장."

"무엇이 사람을 노래하게 합니까?"
"세 개의 낱말과
그 말을 입 밖에 내는 수고.
바로 즐거움, 쓸쓸함, 애환."

내게 행복이란

이 생의 내 목숨이 다하는 순간
어쨌든 행복한 존재가 될 수 있다면
매일 꿀을 먹는 벌과
흥정하고 싶다.

적어도 내 심장이
보리수 나무에 꽃봉오리로 피어나거나
벌들의 만찬을 담는 은방울꽃보다
더 무겁지는 않아야 행복이지.

그림자 샘물

나무는 그림자의 샘물, 눈처럼 고요하다.
부드럽게 위로 솟아올라 내 마음을 데려간다.

오늘처럼 흐리고 침침한 날에도 나무 둥치는
샘물처럼 부드럽고 명징하게 그늘진 물줄기를 뿜어내어

내 미혹과 성마름, 고뇌를 깨끗이 씻어낸다.
이 샘물이 마음속에 흐르면 나는 젖은 은빛 겨울 숲처럼
정화된다.

감사의 말

지난 몇 해 동안 매일 저녁
언덕 꼭대기로 올라가면
세 그루의 참죽나무가
계곡 사이로 신호를 보내왔다.

나는 나무들에게 시 한 편을 빚졌다.

붙임성 있는 초록 천사
사랑스러움의 대사(大使)
기꺼이 귀양을 선택한 왕
이야기를 듣기 위해 들른 이에게
홀로 서서 불타오르는 아름다움을
친근하게 전해주는 나무
나는 그 발밑에 무릎을 꿇는다.
변치 않을 열정과
조급해하지 않는 현명함,
고귀하며 꾸밈없는 태도의 나무여,
다 해진 네 망토의 가장자리로 나를 만져주렴.
긴 여행을 마친 바람의 은총을 내게 내려주렴.

소박하고 향기 나는 날개로
치유와 강한 힘을 내게 전해주렴.
너에게 경의를 표하니 받아줘.

벗

나무와 산책한 뒤 오늘 내 키가 조금 더 자랐다.
줄지어 온화하게 걸어가는 포플러나무 일곱 자매
별과 이야기를 나눈 뒤 내 마음은 더 하얘졌다.
밤이 오면 소나무 위로 별 하나 전율하듯 떠 있다.

어스름이 깔리고 삼나무에서 붉은 새가 부르면
내 안에 잠들어 있던 행복한 동반자가 깨어나 자유롭고
멋지게 대답한다.
그러자 어디선가 천사가 나타나 푸른 연기 속에서 손짓을
한다.

주여, 제가 무엇이기에 당신의 신성한 가족이 친히 인사
를 보내는지요?

III

푸른 연기

푸른 연기*

내 생명의 불꽃이 낮게 타고 있다.
나뭇잎이 타들어가듯이
어수선한 일상에도
언제나 한 줄기 작고 달콤한 푸른 연기가
신을 향해 피어오른다.

* 초고의 제목은 "낙엽 태우기"였는데 출간하면서 제목을 바꿨다.

나무*

내 삶은 나무
땅과는 절친한 사이
폭풍우가 몰아쳐도 버티고 서서
이 자리를 지키겠다고
너무 깊이 박혀 기억조차 나지 않는
뿌리에 맹세했다.
(하지만 내 초록 나뭇가지 위에
들새 한 마리 앉아 노래한다,
바람에 따라 자유로이 날개 펴고
이생에는 둥지 틀지 않은 채.)

---

* 베이커의 전기 작가 사라 래그랜드는 이 시가 베이커의 삶과 문학에 대한 철학을
핵심적으로 담고 있다고 평가한다. 이 시에서 나무의 비유를 통해 뿌리와 가지 이 두
방향으로 나뉜, 삶과 예술, 사회적 삶의 책임감과 창조적 상상력의 자유 사이에 놓인
개인, 특히 시인의 이중적 혹은 양면적 가치와 이상에 대한 베이커의 인식이 드러난
다. 텍사스 주립대학의 영문학 교수 레오니다스 페인은 베이커를 "날개 달린 생활인"
이라고 소개하기도 했다.

흰 새

오, 평화는 흰 새
아름다움은 구름의 성
사랑은 거센 불길이지만 기꺼이 온화해지려 한다.

나는 구름의 성에 올라가서
그 불길을 새장에 넣었다.
그러나 흰 새, 그 흰 새만은 잡을 수 없었다.

별

나는 너무 왜소하다. 밖에 나가
무성한 가시나무를 헤치고
목적지 하늘에 도착한 반짝이는
영혼들을 바라본다.
영혼의 성좌가 펼쳐진
둥근 하늘을 올려다볼 때마다
위대하고 신실한 존재의 귀가행렬 앞에서
나는 너무도 작아져 거의 숨 쉴 수가 없다.

나는 아주 크다, 나는 나니까.
별무리 속 어느 별도
아버지의 나라를 향하는
나만의 여정을 가본 적 없으리.
내 정신이 머물 유일한 그곳의 주인이
내게만 보내는 신호를 찾아가련다.
별들이 반짝이는 저곳에 내 영혼이 있으니
천상은 나의 일부, 그러니 나는 아주 크다.

감옥

주인이 감옥을 만들었다
돌로 지은 독방에 평화가 깃들기를.
두꺼운 감옥 벽에 창문을 낸다,
빛이 들어올 수 있도록.

내 마음의 무게

가능하면 내 마음을 땅에 가깝게 두려고 한다,
자잘하고 진부한 일상과 꽈배기 같은 재미에 몰두하면서.

마음이 하늘로 날아올라 멋대로 나다니는 걸 막지 못하면
집 안에 먼지가 쌓이고 미처 손질 못한 셔츠들이 뒹군다.

연기 하나 새어나가지 못하게 틀어막고 거미줄로 마음의
새를 칭칭 감아둬!
그러지 않으면 내면의 귀에 들려온 갑작스런 호출에

새는 이 구름에서 저 구름으로 들떠서 원을 그리고 날아
다니며
채워지지 않은 갈망 속에서 신의 이름을 불러댈 테니.

창문

나는 슬레이트로 만든 작은 새장에 갇힌 신세
신은 가끔 꽃이 환히 핀 하늘의 발코니 위에 새장을 걸어
두고
비오는 날에는 걸쇠를 열어놓는다.
그러면 나는 신의 방 안을 깡충 깡충 뛰어다닌다.

저 너머에 있는 이들이 알고 있는 사실을
내게 알려줄 때가 오면 신은
언덕으로 향하는 창문을 열어
나를 내보내주리.

내 단순함에 미소 짓는 이에게

내가 한때 그랬듯이
현명한 당신은 말하지.
삶은 우리를 돌볼 수 없고
죽으면 그만이라고.

그래도 나는 이 절망적인 상황에서
일부나마 구해내 보련다.
다시 깨어나겠다는 생각에
옅은 잠을 자지는 않겠다.

흙먼지 덮인 내 머리 위로
으르렁거리며 지나가는 저 거대한 날개도
나를 조롱할 수는 없다. 당신 말대로
이 죽은 세상의 손아귀에 내가 붙들려 죽을지라도.

지빠귀

탱글우드*에 지빠귀가 경쾌하게 날아다닌다.
흙덩어리처럼 갈색인 이 새의
점박이 목 안에는
신의 저녁종이 달려 있다.

저녁이 오는 시간 탱글우드에서
지빠귀의 노랫소리를 들었으니
나는 이제 비밀스런 소소한 진실과
숨겨진 선한 것들에 대해 알게 되었다.

* 탱글우드 : 베이커 가족이 텍사스 주의 작은 도시 나코그도치스에서 살았던 집 이름. 원래는 칼의 친정 부모의 집이었으나 부모가 차례로 사망한 뒤 칼이 물려받아 살게 된다.

벌

집에서 멀리 떨어진 곳에서 벌떼를 가져왔더니
이 늙은 꿀 제조업자들이 내 머릿속에 벌집을 틀어놨다.
벌떼는 나무에 핀 작은 초록색 꽃들과
곡물 사이에서 게으름 피우고 있는 파피꽃 하나를 찾아냈다.

태양은 이 조심성 없는 무리를 이끄는 목동
먹이를 찾아다니거나 가만히 있으라고 명령해 봐야 소용
없다.
벌떼의 술 취한 날개는 경건한 시계 밑에서 노래하고
꽃을 바람에 실어 시간을 초월한 저 언덕 위로 날려 보낸다.

길게 뻗은 돌길이나, 성난 바다라도
붉은 꽃이든 흰 꽃이든 벌떼에게 내놓아야 한다.
꽃 즙으로 목을 축인 고뇌
나는 빵에 굶주려 있지만, 꿀은 얻게 되겠지.

어둡기 전 보름달

비단으로 만든 꽃처럼 섬세하고
빛나는 그림자로 만든 풍선
맑은 황금빛 물방울처럼
나무 위에 떠 있는 달.

저 달이 내 물방울이라면 쉽게 터져버리겠지만
신의 물방울은 교회 첨탑이라도
터뜨릴 수 없다.

도깨비불

창가에 도깨비불이 타오른다.
하루가 부드럽게 저무는 시간
당신은 생각한다, 창 밖 불이
수풀과 대문 사이에서 추위에 떨고 있다고.

불타오르는 빛 사이로
헐벗은 채 엄숙하게 서 있는 검은 나무들이 보인다.
아름다운 나뭇가지는 도깨비불처럼
배고픔을 모르는 불에 타버리진 않는다.

하지만 도깨비불이 없다면
심장은 따듯해질 수 없고
영혼은 욕망과 결합하지 않으며
집은 아늑할 수 없다.

독단주의자

나무가 안아주고
커다란 구름이 지나가며 인사하고
파랑새가 천국의 뒷문에서 들은 가십을 물어다주는 사람
이라면
불가지론자*가 될 수 없다.
얼마 지나지 않아 그는 "사랑해"라고 말할 것이다.
사랑하면 알게 된다.

* 불가지론 : 신의 존재 유무를 인간의 인식으로는 알 수 없다는 종교적 인식론.

대답하는 법

당신은 내 대답에 미소 짓는다.
나는 당신의 대답에 고개를 젓는다.
당신은 철과 보석으로 살지만
나는 빵이 필요하다.

나는 당신의 루비를 감탄하고
당신의 힘을 탄복하지만
당신은 나의 만나*를 맛볼 수 없다.
부정하는 대신 긍정하면 더 얻게 된다.**

* 만나(manna): 옛 이스라엘에서 신이 주신 음식.
** 대답이 긍정이냐 부정이냐에 따라 결과가 달라질 수 있다는 의미로 긍정의 태도
가 부정보다는 더 많은 가능성이 있다는 믿음을 담고 있다. 이 긍정의 대답은 종교적
차원에서 초월적 존재를 수용하고 따르는 믿음과 이 시에서 연결되어 있다. 또 "철"과
"보석", "루비"와 "힘" 등 화자의 대화 상대자가 믿는 가치들보다 화자의 믿음에서 얻
는 만나, 즉 신성한 음식이 더 소중하다는 내용도 긍정의 대답에서 비롯된다. 시 「우
리」도 이와 유사한 주제를 다룬다.

연장

처음부터 우리에겐
흙손과 칼이 주어졌다.
나는 두 연장을 잘 간직했다.
당신은 칼을 내던지고 그것을 용기라고 했지.
나는 잠시 망설이긴 했어도 칼을 사용했다.
그리고 선택이라고 불렀다.
위험천만한 연장을 소지했다는 생각이 들었지만
그건 필요한 일이었다.

정원을 바라보면 그 차이를 알 수 있다.
신은 용기와 선택 중 어떤 것이 더 나은지 알고 있다.
지나가는 행인에겐 물론 취향의 문제겠지만.

작은 시 세 편

〈지혜를 얻기 위해서〉
바람이 하늘을 펼치듯이
마음을 활짝 펼쳐서
내 심장을 사랑의 눈으로 가득한
아르고스*로 만들면
나는 헤아릴 수 없을 만큼
현명해질 것이다.

〈온순함과 자부심〉
온순함과 자부심은
한 나무에서 열린다.
이 두 열매를 다 먹어야
제대로 된 것이다.
자부심은 하나를 먹고
온순함은 세 개를 먹자.

〈용기〉**
용기는
장님이 입는 갑옷

오랜 절망의
무뎌진 상처
이미 기도를 마친
두려움.

사람을 차별하지 않는 이*

왜 신은 교회에 가서
찬양과 기도를 들을까
옥수수 밭을 걸으며
소박하지만 향기로운 대기를 들이마시듯이.

천박하고 신랄한 폭도집단인
모험가들은 잊곤 한다,
신이 때로는
평안하고 정의로운 사람 옆에서 걷는다는 것을.

* 사도행전 10:34에 나오는 구절로 "하나님은 사람의 외모를 취하지 아니하신다."에서
가져온 표현.

허영심

나는 왜 여자들이 옷을 차려입는지 안다.
비단의 광택과 공작의 화려한 색깔
허기진 작은 영혼에는 재갈을 물리고
희번덕거리는 눈으로만 배를 채우지

나는 왜 여자들이 겉멋 든 채 말하고 걸으며
꾸며낸 상황으로 자신의 몸을 감싸고 있는지 안다.
세속에 갇힌 채 절망에 빠진 감옥수는
허세만 가득할 뿐 배를 곯는다.

고요한 곳에서 들려오는 노래*

I. 눈물의 벽

고통은 유리로 만든 집
돌 언덕 위에 서 있다.
그곳에 비가 퍼붓고
지붕과 창틀에선 빗물이 흐른다.

이상한 빛으로 가득 차 있는 집
영혼이 뚫어지게 바라보면서 말한다.
"내 눈물의 벽이 없다면
신이 하는 일을 볼 수 있을 텐데."

II. 주름진 화관

내겐 왕관이 없으므로
나의 하루를 가지고
화관을 만들어서 쓰고 다니면
아무도 나를 자만한다고 말하지 않는다.

비오든 맑든
언제나 쓰고 다니려고
고통과 환희
감추어진 평화
이 세 가지 끈으로 땋아 만들었다.

III. 구슬

구슬을 얻기 위해
조바심치며 갈망했다
구슬을 줍고 하나씩 골라내어
머리칼에 땋아 넣으려고 애썼지.

루비와 자수정 구슬
아기의 곱슬머리 같은 황금빛
진중한 흑단구슬
창백한 죽은 진주

구슬을 은실에 꿰는

간단한 법을 배우기까지
왜 그렇게도 오래 시간을 보냈을까?
(손가락에서 피가 난다.)

IV. 평화

바위 밑에 씨앗을 숨기고
그 위에 눈물을 뿌려라
그러면 백년 후에는
꽃을 얻을 수 있으리.

신의 칼 위로 넘어져서
칼이 네 몸을 꿰뚫는 것을 봐라.
축축하고 붉은 그 줄기에서도
꽃이 피리라.

V. 기부

나는 돌 위에 홀로 앉아 있었다.

허기진 채 추위에 떨면서 말없이.
신의 갈가마귀들은 나를 잊었고
내 지갑엔 부스러기 하나 없었다.

그때 한 사람이 바위 사이를 힘겹게 올라왔다
소문을 듣고 내 가게를 찾아온 것이다.
그와 나를 위해 잔치를 벌였다.
두 사람 몫으로 충분하고도 남았다.

VI. 자유

신의 창가에서 매달린 채
높고 새된 목소리로 성가를 부르며
환희에 찬 내 영혼은
자유로웠다.

영광스러운 신의 머리가 보였고
노래를 부르던 영혼이 신에게 물었다.
"제게 누가 이런 나쁜 짓을 했나요?

철사와 끈에 꽁꽁 묶인 채
이 별빛 아래에서
왜 저는 이렇게도 오랫동안 철창에 갇혀 있을까요?"

"새여, 나는 날개를 만들었고,
창살은 네가 만들었다."

* 시인 자선 최고의 시 중 하나

통과의례

이제 신은 내게
나무의 확신을 주셨다.
내 심장은 가슴에서 나와
휴식을 찾아 나무로 흘러든다.

아직도 나는 추락해야 한다,
물이 물방울로 흐트러져 뿌려지듯이.
나는 계속 가야 한다,
바람이 자기 갈 길을 찾아가듯이.
여전히 숨 막힐 듯한 고통 속에서
불이 위로 타오르듯이,
비가 휘몰아치면 꽃이 부러지듯이
나는 아직도 부러지고 굴복해야 한다.

하지만 쉬어야 할 때가 되면
내 심장은 가슴으로부터 흘러넘쳐
스스로 빠져나와 자유롭다.
마침내 신은 준다,
나무의 지혜를.

겨울 어스름

검은 소나무, 창백한 황금빛 달,
냉랭하게 푸른 하늘,
가까운 수풀더미 속에서
북소리처럼 둥둥 소리를 만드는 작은 날개

사초(沙草) 무성한 호숫가
납빛의 광채 속에 핀 수수한 장미 한 송이
이런 아름다움이 한때 무너졌던 내 마음을
먹여주고 치유해 준다.

한때는 불안한 통증을 주던 즐거움이
고통에 벼려지고 칼처럼 명징해져서
이제 나를 엄숙한 부드러움으로 감싸고
안정된 기쁨을 준다.

나는 고통을 친구삼아
사물의 중심으로 귀향했다.
그리고 신은 내게
일곱 겹의 환희를 다시 주셨다.

다짐

나는 다 써버린 스프레이, 이리저리 헛되이 날아다니며 성가시기만 한 거품이었다.

이제 물이 잔잔하게 담긴 푸른 웅덩이가 될 것이다.

나는 지친 구름, 흰 먼지처럼 바람에 이리저리 나부꼈다.

이제 아주 조그만 별이라도 믿고 기댈 수 있는 부드러운 하늘이 될 것이다.

나는 나만의 욕구를 따르던 자유로운 새였다.

신의 사랑이라는 감옥에 들어가 바라보니 별은 하늘에 뿌려진 금빛 씨앗이다.

우리

신이 말했다.
"우리, 라고 말하라"
나는 고개를 저으며
두 손을 등 뒤에 바짝 댄 채
고집스럽게 말했다.
"나."

신은 말했다.
"우리, 라고 말해라"
나는 더럽고 비뚤어진 저들을 바라보았다.
저 한심한 모습들이 나라고? 아니야!
욕지기가 나와 고개를 돌린 채.
끈질기게 말했다
"그들."

신은 말했다.
"우리, 라고 말해라."
그리하여 나는
마침내

세월과
눈물을 비축해서
더 큰 부자가 되어
그들의 눈을 바라보며 힘겹게 말을 찾았다.
내 목을 숙이게 하고 머리를 떨구게 만든 그 말
마치 부끄러운 학생처럼 나는 중얼거렸다.
"우리입니다,
주님."

중년의 시인이 남긴 메모

당연한 말이지만 시인도 죽는다.
(어쨌든 내겐 선택권이 없다.)
끔찍하지만 진정한 나의 동반자
죽음이 어서 와서 내 뮤즈가 정직해지길.

IV.

낡은 동전*

* "낡은 동전"이란 제목은 이 짧은 글들이 다루고 있는 주제가 인류가 살아오면서 얻은 지혜만큼이나 오래된 것이라는 의미입니다. 역사 이래 세대를 거쳐 재발견되고 다시 표현되는, 시간을 초월한 보편적 진실로서의 지혜 말입니다. 여기 수록된 짧은 잠언 같은 이야기들을 "손때가 묻은 작은 동전"이라고 불렀을 때 제가 염두에 두고 있던 것은 바로 이런 재발견과 재창작이었습니다. – 칼 윌슨 베이커

여기 수록된 글들은 내가 가꾼 정원에서 파내어 오랫동
안 낡은 서랍장에 보관했던 것입니다. 내 손가락에 상처
를 낸 유리조각들, 녹슬고 금이 간 메달, 손때 묻은 작은
동전들.

혹시라도 이런 것들에 호기심을 느낀다면 부담없이 가져
가세요.
당신이 언젠가 멀고 먼 나라로 여행을 떠나게 된다면
이 동전들로 빵 한 조각을 살 수 있을지도 모르니까요.

– 칼 윌슨 베이커 –

슬리퍼

 그들은 아주 어렸고 그들의 사랑은 딸기나무와 채찍전갈*
이었다. 수차례 싸우고 나서, 사랑 때문에 올랐던 산을 서둘
러 내려온 후 그들은 사랑을 포기했고 실의에 빠졌다.

 실연의 절망감을 안고 소녀는 어느 날 저녁 물가를 산책
하고 있었다. 곳곳에 내버려진 분홍 장미처럼 바닥에 떨어
진 잔광을 바라보면서, 소녀는 솟구치는 갈망에 휩싸였다.
마치 보이지 않는 끈이 자신을 어둡고 쓰라린, 물기어린 쉼
터로 끌고 가는 듯 느꼈다. 소녀는 어두웠던 날들에 대해,
참을 수 없었던 밤에 대해, 가슴을 후벼대는 사납고 격한
발톱 같은 것에 대해 생각했다. 그러면서 어리석었던 시간을
비아냥거렸지만 소녀는 용기를 낸다거나 겁먹거나 하지 않
았고, 희망도 두려움도 자부심도 느낄 수 없는 심정이었다.
대신 소녀는 연민에 빠졌다. 집에서 편안히 앉아 바느질을
하는 여인에 대한 분노에 찬 연민이었다.
 그 여인은 소녀의 엄마였다. 엄마의 발은 부드럽고 인내심
이 강한 낡은 슬리퍼를 신고 있었는데, 엄마가 일하고 있는
작고 평평하며 카펫으로 덮인 발판 위에 놓여 있었다. 소녀
는 그 발판과 슬리퍼를 떠올릴 때마다 발이 전혀 쉴 수 없

던 시절이 떠올랐다. 그 두 발은 정작 자기 자신은 잊은 채 작고 따스한 집 안에서 쉴 새 없이 이리저리 걱정과 근심에 싸여 오가고 있었다.

소녀는 매일 저녁마다 고통스럽게 손을 꽉 움켜쥐고 말하곤 했다.

"아, 엄마에게서 놓여났으면. 엄마는 나를 놓아주어야 해!"

소년 역시 (독주가 담긴 병 속에 빠져 시간을 보내는 중이었다.) 한 켤레의 슬리퍼를 봤다. 그 슬리퍼는 나이 많은 남자가 신고 있던 유쾌하게 펄럭거리며 열심히 일하는 슬리퍼였다. 소년은 방 안을 걸어 다니면서 나이 먹어가는 것에 대해 분노하고 악담을 퍼부었다. 나이 든다는 것은 썩어빠지고 주름이 진 겁 많은 나무에 달린 열매였고, 나약함의 보상이자 왕관이고, 삶의 궁극적인 모욕에 복종하는 것이며, 자부심에 찬 청춘을 나약한 연민을 통해 혐오스러운 운명에 묶어두는 것이다. 그렇지만 그는 그 슬리퍼를 술처럼 마셔 없앨 순 없었다.

수년의 세월이 흐른 뒤 소년과 소녀는 각자 자신이 한 번도 상상해 보지 못한 짝을 만나 오랜 결혼생활을 했다. 각자 발 지지대에 슬리퍼를 신은 발을 올려놓고 편하게 앉아 있던 어느 날 그들은 불현듯 자신의 아이들을 바라보게 되었다. (소녀는 소년이 한 번도 보지 못한 자신의 딸을, 소년은 소녀의 것과는 다른 눈동자를 가진 아들을 바라보았다.)
그들은 소름이 돋는 것을 느끼면서 생각했다.

"죽음의 위기가 닥치면 저 캄캄한 어둠의 심연을 버텨낼
힘이 내게 있을까?"

* 떨기나무와 채찍전갈: 떨기나무는 불에 타도 다 없어지지 않고, 채찍전갈은 독성은
없고 먼저 공격하지 않지만 건드리면 강한 산성물질을 쏜다. 이 두 이미지로 어리고
철없는 남녀의 사랑을 묘사한 대목이다.

구도자

신과 영혼을 꿈꾸면서 태어난 한 아이가 있었다. 천국의 문 옆 커다란 초록 정원에서 아이는 자라났다. 아이는 사람들이 마음에 가까운 것들, 가령 영혼, 신 같은 것을 말할 때마다 귀 기울여 들었다. 그리고 사람들이 말한 것에 대해 곰곰이 생각했고 꿈을 꾸었다.

소년은 사람들을 만날 때마다 신에게 이르는 길이 어디냐고 물었고 사람들은 "천국의 문으로 들어가렴." 하고 대답했다. 소년은 사람들이 천국의 문으로 양처럼 들어가는 모습을 지켜보았다. 그들의 얼굴은 신을 만난 것처럼 보이지 않았다. 그래서 소년이 거의 어른이 되었을 때 이렇게 말했다.

"신은 없고 영혼도 없는 거야. 나는 저 문이 싫어."

그리고 울타리를 넘어서 정반대 방향으로 길을 떠났다.

그는 정오와 황혼을 여러 차례 보내며 여행을 했고 세상을 경험했다. 세상에서 인생의 쓰라림과 불행을 봤으나 기쁨은 거의 보지 못했다. 하지만 그는 탐색하는 정신의 소유자인 터라 절망에 빠지지는 않았다. 항상 이렇게 말했다.

"신도 영혼도 없으니 나는 그 다음으로 최고의 것을 찾을 거야."

그렇게 떠난 여행 중 어느 날 저녁 식사를 하러 한 마을에 들렀다. 한여름 날의 저녁이었다. 식사 후 마을 사람들이 문가에 나와 앉아 있었다. 사람들은 멀리서 온, 여행객 냄새가 나는 이 낯선 청년을 호기심을 가지고 쳐다보았다. 마침내 한 사람이 그에게 여행 중 최근에 본 가장 새로운 것이 무엇이냐고 물었다.

그러자 여행자는 잠시 생각하더니 대답했다.

"세상은 오직 하나의 개별적이고 고유한 새것을 갖고 있습니다. 그것을 제외한 다른 모든 것들은 그 새것의 동반자이거나 짝패일 뿐이지요."

그러자 층계참의 잔디밭에서 어슬렁대던 젊은 목동이 물었다.

"그게 뭔가요?"

그는 대답했다.

"이 세상에 태어난 사람들이 각자의 삶에서 자신만의 내면을 만드는 것이지요. 그것에는 어떤 동반자나 짝패가 없어요."

그러자 엄마의 앞치마 끝자락에 앉아서 인형을 가지고 놀던 어린 소녀가 고개를 들고 지혜롭게 고개를 끄떡이며 자기 오빠에게 말했다.

"그건 영혼이야, 맞지?"

여행자는, "어?"하면서 뚫어져라 그 소녀를 바라보았다.

그는 남은 여행길에 올랐다. 그의 탐구정신은 이제 그에게 양식과 함께 즐거움도 느끼게 해주었다. 예전에는 아무 목

표도 없고 종착지도 몰랐던 길들은, 물론 간간히 노을 질 때 황금빛 먼지가 일어나 마술적으로 보이긴 했어도, 이제는 뭔가 자신이 바라는 방향으로 향해 가고 있는 듯한 느낌이 들었다. 얼마 후 그는 밤에 수풀 아래 누워 잠을 청할 때 문을 보기 시작했고, 점점 그 문을 찾고 싶어졌다. 그는 이미 자신이 예전에 그 문에 대해 느꼈던 불쾌함을 잊은 터였다.

어느 자수정처럼 빛나는 저녁시간, 그는 앞에 놓인 길의 상상 속 종착지 위로 아치형 문이 놓여 있는 것을 보았다. 그 문에 가까이 다가가서 올려다보니 경외감이 들었다. 그의 마음은 이제 평화를 찾았다. 그리고 말했다.

"아침이 오면 저 문을 통과해 가리라. 그리고 그곳에서 무엇을 발견하게 될지를 보리라."

그는 문 옆, 수련으로 덮인 초록빛 연못 가장자리에 앉았다. 그는 얼굴과 발을 씻고 나서 하늘의 별을 바라보았다.

마침내 그는 소리 내어 혼잣말을 했다.

"인간이 자신만의 빛을 따르기만 하면 자신의 길을 보게 될 것이다."

그때 달빛 아래 수련잎에 앉아 있던 개구리 한 마리가 (개구리들이 으레 그러듯이) 딱 한 번 소리내어 말했다.

"신."

그러자 여행자는 서둘러 일어나 문 쪽으로 걸어가 그 너머를 뚫어지게 쳐다봤다.

그는 비로소 자신이 처음 여행길에 오를 때 떠나왔던 그 초록 정원을 알아보았다.

끝

그가 태어난 날, 그 낯선 아침에는 크게 한번 울어 제치면 위안을 받았을 수 있었다. 휴식을 주는 부드러운 가슴과 평화로운 손길, 감미로운 목소리가 그를 달래주었다.

그러던 어느 날 여느때처럼 울음소리를 낼 때마다 다정한 가슴과 마음을 달래주는 목소리와 보호의 손길이 따랐지만 어쩐지 그는 위안을 얻지 못했다. 어린 시절은 이제 끝난 것이다.

이후 바위처럼 단단한 확실성이 따라왔다.
"전부 다 주었는데 아무것도 받지 않을 수는 없어. 내가 이 사랑에 충실하다면 하늘의 모든 신들이 그녀의 마음이 내게 오도록 해줄 것이다."
하지만 귀머거리 신들은 천상에서 잠들어 있었고 그녀는 그를 전혀 사랑하지 않았다. 이로써 청년시절이 끝났다.

그는 말했다.
"참나무 같은 심장과 강한 철 같은 팔 이외에 힘은 존재하지 않는다. 다른 것을 믿는다는 것은 바보 같은 짓이다."

그러나 시간은 그의 참나무 같은 심장을 쪼개서 그 힘을
다 쏟아버렸다. 강했던 팔도 느슨해졌다. 그렇게 남성성의
종말이 왔다. 그는 늙고 허약해졌다.

얼마 있어 그는 벽으로 얼굴을 돌리고 이렇게 말했다.
"휴식을 취할 수는 있으리."
그렇게 그는 쉬게 되었다.

그것으로 모든 것은 끝났다.

완벽한 아내

옛날에 젊은 처자를 사랑했던 한 청년이 있었다. 청년은 자신과 다른 점을 아흔아홉 개나 갖고 있어서 그녀를 사랑했다. 청년은 그녀를 아주 열렬히 사랑했고 마침내 그녀를 얻게 되었다.

결혼을 하자 청년은 아내와 아흔아홉 가지에서 달랐기 때문에 함께 사는 일이 너무도 힘들다는 사실을 알게 되었다. 그래도 결코 자신의 사랑을 멈추지 않았다. 부부는 오랜 세월을 힘겹게 보냈다. 서로에게 충실했지만 몹시 불행했다.

그 뒤 두 사람 중 더 약했던 여자가 먼저 죽었다.
한동안 태양빛조차 청년에게는 어둡게 느껴졌다.

오랜 세월이 흐른 뒤 청년은 이제 몸도 많이 불었고 흰 수염을 기르고 있었다.

그러나 곧 청년은 자신의 인생 2막을 열기로 하고, 인생의 첫 시기에 자신이 결혼했던 어린 아내를 과거로부터 데려왔다. 그녀는 그렇게 계속해서 청년과 함께 살게 되었고 청년은 시간이 날 때마다 아내를 고쳤다. 이따금 청년은 죽은 아내가 생전에 겪었을 고통을 떠올리며 마음이 힘들어서 침울

해지곤 했지만 대부분은 자신의 인생 어느 때보다도 더 행복했다. 청년은 그녀 외의 다른 여자에겐 전혀 관심이 없었다.

어느 날 두 개의 정령이 ― 하나는 그 청년이 만든 영혼이고 다른 하나는 아내의 실제 영혼이었다. ― 우연히 공중에서 만나게 되었다. 아내의 진짜 영혼은 햇살 담은 바람에 따라 민첩한 동작으로 이리저리 빙글빙글 돌아다니더니 공중에서 휙 몸을 돌려 청년이 다시 짜 맞춰놓은 영혼을 쳐다보았다.

"당신, 누구야?" 그녀는 물었다.

"어, 나? 나는 당신이지 누구겠어." 청년이 만든 영혼이 뚱하게 대답했다.

"아니야! 그럴 리 없어!" 진짜 영혼이 소리쳤다. "당신은 완전히 다른 모습인 걸!"

그러자 짜 맞춘 영혼이 여전히 뚱하게 설명했다. 흰 수염을 기른 젊은 청년이 얼마나 멋지게 자신을 만들어주었는지를.

"글쎄,"

진짜 영혼은 만들어진 영혼을 찬찬히 한참 쳐다보다가 말했다.

"내 말은 당신이 그이에겐 어울릴지 모르겠지만, 나와는 전혀 맞지 않다는 거야. 허참, 그이가 내 뾰족한 부분을 모두 다듬어놓았군! 그래서 당신은 완전히 둥글고 여리여리할 뿐이야!"

진짜 영혼은 정말 눈[雪]의 결정체처럼 반짝거리고 찬란히 빛나는 모습이었다. 그에 반해 다른 영혼은 진주 같았지만 어쩐지 우울해 보였다.

진짜 아내는 아침의 소리처럼 낭랑하게 웃었다.

잘 길들인 진주

언젠가 어떤 사람이 진주를 발견했다.

그 사람은 뛰어난 실력을 갖춘 멋진 남자였다. 진주는 그를 너무도 사랑한 나머지 그가 원하는 어떤 용도로도 자신이 기꺼이 사용될 용의가 있음을 선언하게 되었다. 그래서 남자는 진주를 아주 정교한 기계의 일부로 사용하게 되었고 그 사실을 매우 자랑스러워했다. 그는 다른 사람들이 평범한 철이나 금속을 사용하는 부분에 진주를 쓸 수 있어서 아주 기뻐했다.

그런데 진주가 이 새로운 기능에서 전혀 쓸모없다는 것을 알게 되자 그는 몹시 경악했다. 그가 아끼던 기계는 어느 아주 바빴던 날 고장이 나버렸다.

연고 안의 파리

모든 이웃이 빵과 고기를 사고 노년을 대비해서 저축을
하고 있는 동안 남자는 우유와 귀리빵으로만 연명하면서 돈
을 모아 동양에서 수입한 매우 귀중한 연고 한 병을 샀다.
이 연고를 사용할 일은 없었다. 단지 뭔가 희귀하고 귀중한
것을 집 안에 두고 싶었을 뿐이었다. 남자의 천성이 그랬다.
연고를 갖게 되자 자신의 보잘것없는 집이 마치 궁전처럼
느껴졌다.

그러던 어느 날 연고를 열어보니 그 안에 파리가 빠져 있
었다. 이제 그에게 연고는 오염된 것이나 진배없어졌다. 그래
서 연고를 버렸다.

하지만 남자는 집념이 있는 사람이었다. 얼마 지나 예전
것보다 더 좋은 연고 한 병을 살 만큼 저축했고 새것을 구입
했다. 그런데 어쩌나, 같은 일이 벌어졌다. 몹시 애석해 하며
남자는 이 연고도 버렸다. 그리고 다시 한 푼 두 푼 돈을 모
았다.

이렇게 남자는 오랜 세월 여러 번 같은 일을 반복해 왔다.

그러던 어느 날 한 이웃이 그의 집에 와서 일곱 번째 연고병이 더럽혀져서 슬픔에 빠진 모습을 보게 되었다.

"친구, 왜 그러시오?" 이웃은 물었다.

"아, 파리가 또 들어갔소." 그는 대답했다.

이웃이 한동안 말없이 머리를 긁적대었다. 그가 슬퍼하는 모습에 난감했던 것이다.

"우리 집에도 언제나 파리들이 날아다니고 있소. 하지만 그렇다고 우리가 그걸 신경쓰지는 않거든. 나는 왜 당신이 고작 파리 하나 때문에 그렇게도 속상해 하는지 모르겠소."

다섯 번째 여행자

네 명의 여행자가 어느 날 아침에 만났다.
그들은 서로 못 참겠다는 듯이 물었다.
"어젯밤 어떻게 보냈나요?"

첫 번째 여행자는 턱까지 단추를 잠근 검정색 통자 옷을
입고 있었다.
"아침이 올 것이라는 생각에 아침을 향해 계속 걸었어요."

두 번째 여행자는 자줏빛 벨벳 망토를 입고 있었는데 여
기저기 낡고 찢어지긴 했어도 꽤 부유해 보이는 차림새였다.
"나는 어둔 밤하늘에 반짝이는 별들의 경이로움을 찬양
하면서 보냈지요. 여전히 경이롭습니다. 저기 보세요, 샛별
이 떴어요!"

세 번째 여행자는 여행 탓에 더럽혀졌지만 눈에 띌 만큼
독특하게 빛나는 흰색 옷을 입고 있는 여인이었다. 그녀는
아주 겸손한 태도로 대답했다.
"나는 아침을 향해서 계속 여행하려고 정말 애썼답니다.
하지만 생각할 짬이 거의 없었어요. 여기에 도착할 수 있으

리라고 전혀 확신이 들지 않았지요. 늘 너무도 많은 사람들이 고통스럽게 애쓰다가 제 발밑으로 쓰러졌어요. 그들에겐 도움이 필요했죠. 하지만 오, 정말 아침이 아름다워요!"

소박해 보이는 푸른색 능직물로 만든 옷을 입은 네 번째 여행자는 어쩐지 수줍고 당황한 듯이 보였다. 다른 사람들이 얘기해 보라고 종용하자 그는 웅얼대며 말했다.
"비루한 악마들조차 계속 여행하는데 저만 그만두기가 부끄러워서 사람들을 따라왔지요. 그런데 세상에, 아침 7시가 되니 태양이 떠 있었어요!"

그러자 다섯 번째 여행자가 그들 가운데서 모습은 드러내지 않고 미소를 머금은 채 그들 모두를 아주 자비롭게 바라보고 있었다.

시인의 나날

시인은 자신의 나날을 이렇게 상상했다.

그는 위대한 왕이었고 수백 명의 노예를 거느리고 있다. 그는 자신이 소유한 노예가 정확히 몇 명인지 알지 못했다. 노예를 부려서 자신에게 봉사하도록 만들 수 있어도 그 노예들의 본성을 바꿀 수는 없었다.

어느 날 저녁 이렇게 말했다. 내일 노예들 몇 명쯤 소환해서 이미 시작했던 일을 끝내리라. 다음날 아침 그가 손뼉을 마주치자 노예 하나가 왔다.(그는 막강한 권력을 지닌 왕이었음에도) 시인은 그 노예를 돌려보낼 수는 없었다. 가끔 거대한 흑인 아프리카인이 왔는데 과격하면서도 뚱했다. 왕은 자신이 갖고 있던 권력에도 불구하고 수시로, 만일 부적을 잃어버릴 경우 일어날지도 모를 일에 대해 생각하지 않을 수 없었다. 왜냐하면 아프리카인들이 우유 한 대접을 가지고 왔는데 (그 당시 그는 사막에 사는 사람마냥 절약하며 소박한 생활을 했다.) 우유에서 황산 연기가 났기 때문이었다. 어쩐지 왕 자신과 궁전에서도 연기가 난다고 믿게 되었다.

또 다른 날 아침에도 그는 손뼉을 치고 새로운 노예가 오리라 기대하면서 속으로 말했다.

'오늘 나는 아무 일도 하지 않고 사나워 보이는 흑인 노예가 컵을 가져오면 주의 깊게 관찰하리라.'

그러자 여자 노예가 아침 향기를 풍기는 옷을 입고 머리에는 새 잎으로 만든 관을 쓰고 반짝이는 와인을 담은 컵을 손에 든 채 나타났다.

다른 날 아침에는 정복당한 부유한 왕국에서 잡혀 온 젊은 전쟁포로가 왔다. 검은 눈과 월계수 잎 같은 눈썹을 한 노예는 왕의 명령에 따라 그의 발치께에 진중하게 앉아서 자신의 고향인 먼 나라의 이야기를 해주었다. 그곳에서 행복했던 시절 황금빛 유년기에 산책하고 운동하며 지냈다고 했다.

그 뒤로는 베일을 쓴 사람들이 울면서 등장했다. 그들의 발걸음은 무겁고 입은 중얼대고 있었다. 또 깔깔대며 웃는 집시 여인들이 왔는데, 왕궁의 예절은 전혀 모르고 아무런 의례도 갖추지 않은 채 시인의 무릎 사이에 짤랑거리는 은동전으로 가득 채웠다.

그래서 왕은 어쩌면 힘들 수도 있는 상황이었지만, 이 다채로운 모습을 너무도 좋아해서 자신의 영역을 그럭저럭 만족할 정도로 지배했다. 반면 더 훈육이 잘된 하인들을 부렸던 이웃의 왕들은 자주 예기치 않은 일을 겪곤 했다.

상징

어느 날 밤 꿈에서 나는 가늠하기 어려울 만큼 크고 그늘 진 원형극장에 들어가게 되었다. 그곳에서는 이상한 회합이 진행되고 있었다. 마치 세상의 모든 현자, 철학자와 시인이 모여 있는 듯했다. 그들은 지혜로운 몽상가이며 모든 질문을 알고 있고 순교자이며 정복당하지 않는 강한 정신의 소유자들로서 오랜 시간과 노고를 들여 이곳에 온 사람들이었다. 그들 앞에 놓인 의제는 인간을 위한 상징 하나를 결정하는 일이었다.

사막의 움직이는 모래가 간헐적으로 내 눈앞에 나타났다. 때로 내가 그들을 바라보고 있을 때 나는 피라미드의 어깨를 알아보았다. 거기에 스핑크스의 돌로 만든 눈들이 있었다.

눈 하나가 말했다.

"군인이 상징이어야 해. 동료를 결코 배신하지 않거든. 전투에서 진다고 해도 자신이 졌다는 사실을 알고 있지."

다른 눈이 말했다.

"그렇지 않아. 어린아이여야 해. 넘어지면 상처가 난다는 것, 그리고 쓰디 쓴 약을 먹고 난 뒤 달디 단 자두가 제공된다는 것을 알기 때문이야. 아이는 참고 참아 온 고통에 대한 보답이 있으리란 것을 착오 없이 믿어."

세 번째가 말했다.

"아니 시인이 나아. 재 속에서도 아름다움을 발견하고 씨앗 심은 곳에서 싹틀 꽃을 기다릴 줄 알지."

네 번째가 기탄없이 말했다.

"동지들, 그대들의 상징은 너무도 흔해. 상징은 불멸의 노새가 불멸의 당근을 따라서 모든 길들이 향해 있는 절벽으로 가는 것이야."

그 순간 나는 놀라 잠에서 깨어났다. 이웃 아이들의 작은 잿빛 놀이친구[새]가 창가 나뭇잎 사이에서 아침 음악을 연주하는 바람에 이슬이 떨어졌기 때문이다.

낙담한 이야기꾼

저 동쪽 한 도시의 어떤 이야기꾼은 이야기 만들기를 매우 즐겼다. 마치 솜씨 좋은 정원사가 잘 가꾼 정원의 꽃이 피어날 때 느끼는 즐거움이었고, 또 유리공예가가 입으로 숨을 불어 가능한 얇게 유리풍선을 만든 후 아름다운 색 유리병을 제작할 때 얻는 희열이었다. 그런데 자신의 동시대 다른 이야기꾼이 쓴 것들을 다 읽고 난 후, 그는 마음에 병이 들고 이야기 만드는 일에 대한 열정이 사라져버렸다. 그들의 이야기가 그에게는 멍청하고 지루해 보였기 때문이다. 기분이 좋지 않은 날엔 그들의 이야기를 읽으면 자신의 이야기조차 멍청하고 지루하게 느껴졌다.

그렇게 마음에 병이 든 채 이야기꾼은 알라신이 자신에게 준 소명을 스스로 빼앗아버렸다. 어느 날 갠지즈 강둑을 걸으면서 자신이 갖고 있는 이 문제의 결론을 찾고 있었다. 문득 그는 슬픔 속에서 어느 옛 작가가 낙담한 채 한 말들을 떠올리며 큰소리로 말했다.

"하늘 아래 새로운 것이란 없어. 책을 쓰는 데는 끝이 없는 거야."

그러자 즉시 그의 머릿속에는 꽃이 폈다. 줄기와 잎과 꽃봉
오리가 달린 아름다운 이야기가 맛깔 나는 상징들과 함께 자
신이 내지른 이 위대한 진실을 드러내었다. 그는 서둘러 집으
로 가서 그것을 곧 써내려간 뒤 매우 행복해졌다.

시인과 슬픈 노래

어떤 시인의 이웃들이 한 가지 역설 때문에 난감해 하고 있었다. 슬픔을 잘 표현하지 않는 그들의 어깨는 슬픔을 감당하느라 굽어져가고 있었다. 그런데 시인은 그렇게도 많은 가슴 저미는 노래를 부르는데도, 그의 어깨는 마치 날개처럼 보였다. 그들의 눈이 침침해져 갈 때 시인의 눈은 반짝였고, 그들이 힘겹게 일하고 걷고 있을 때 시인은 춤추고 달렸다.

그들은 이 수수께끼를 오랫동안 붙들고 끙끙거리다가 마침내 그들 중 가장 용감한 이를 시인에게 보내서 물었다.

"우리는 세상이 살기 좋은 곳이라고 생각하는데 당신은 그렇게도 슬픈 노래로 우리의 마음을 흔들어놓는군요. 그런데 왜 당신은 우리보다 더 행복해 보이죠?"

시인은 이 질문에 흠칫 놀라면서 그의 히아신스 같은 곱슬머리에 손을 넣고 헝클어뜨렸다. 이 문제를 잠시 곰곰이 생각하더니 열의에 차서 대답했다.

"아, 하지만 당신은 내가 노래 부를 때의 모습을 보지 않죠. 그렇게나 많은 슬픔을 노래하고 나서 내가 왜 슬퍼해야 하죠? 나는 그 다음에 올 슬픔을 만나기 위해 자유롭게 날아가는 것입니다."

V.

탱글우드의 새

창가 간이식당*

  지난 몇 년간 집에서 새를 위한 간이식당 두 곳을 운영해
왔다. 여름 몇 달을 제외하곤 일 년 내내 식당 문을 열고 주
로 새 모이용 씨앗이나 옥수수 낱알을 제공했다. 미국의 남
부지역 주민들이 "달걀빵"이라고 부르는 옥수수가루로 만
든 빵도 이 간이식당에서 먹을 수 있었는데 솜씨 좋게 잘게
부수어 차려놓으면 새 손님들에게 꽤 인기가 높았다. 새를
위한 점심식사를 오래 제공하다 보니 단골손님도 생겼다.
  2월의 어느 날 커다란 북향 창문가의 소파에 누워 시간을
보내던 중 식당을 방문하는 친구들과 그간 쌓아온 우정이
무색하게도 잠시 당황한 일이 있었다. 친숙한 사이라고 여겼
는데 아직도 친밀도가 많이 부족하다는 사실을 깨달았다.
우리 식구들은 창가 근처에 앉거나 방안을 들락거리면서도
새들을 귀찮게 하지 않았다. 새들은 우리에게 신경쓸 필요
없이 창문가에 마련된 식당을 어슬렁거렸다. 그런데 그날은
창가에서 몇 인치 떨어지지 않은 곳에서 쿠션 위로 불쑥 나
타난 얼굴에 새들이 적잖이 놀란 기색이었다. 더군다나 그
얼굴은 새들이 즐겨 찾는 빵부스러기에서 일 피트도 떨어
지지 않은 곳에 턱하니 놓여 있었던 거다. 처음에 새들이 보
인 반응을 놀라움이라고 묘사하는 것으로는 다소 부족했

파랑어치

다. 파랑어치(blue jay) 한 마리가 오로지 빵부스러기에만 시선을 고정한 채 창가로 돌진해 오는가 싶더니 갑자기 낯선 존재를 인식했는지 하강운동을 하다 말고 공중에서 몸을 돌려 가버렸다. 마치 처음부터 창턱에 내려앉을 생각이 전혀 없었다는 듯이 말이다. 파랑어치는 나를 볼 필요도 없었다. 내 쪽으로 시선을 주지 않아도 새의 경계심이 가득 찬 맑은 거울과도 같은 두 눈은 반경 안의 모든 것을 볼 수 있었다. 한 방향으로 다가오다가 그냥 지나쳐버린 새들은 보통 몇 분 정도 기다리면 돌아왔다. 신중하게 살피며 다가오다가 날갯짓하며 뒤로 물러서 경계를 한 뒤 다시 다가왔다. 그 모습은 마치 서로 다른 목적을 갖고 충돌을 빚곤 하는, 과장되었지만 꽤 소소한 재미가 있는 코미디 속 등장인물을 상상하게 만들었다. 물론 이 장면의 희극성은 도깨비인 줄 알았더니 매력적인 구애자라는 식의 반전에서 나온다. 이 초록빛 도깨비는 어떤 경우에도 깃털 하나 해치지 못한다. 여러 종류의 새들이 두려움에 질려 포기해버리는 모습을 보는 것도 흥미롭다. 예를 들어 흰목과 새들(whitethroat)[2]은 이리저리 수십 번도 더 왔다 갔다하며 호들갑을 떤다. 무서워서 어쩔 줄 모르며 헤매는 모습조차 감추

---

[2] 목 아래 부분에 부채모양의 흰 털이 나있는 새를 총칭하는 이름.

려 하지 않는다. 흰목과 새의 앙큼한 계략 중 하나는 창문 안쪽에서 뭔가 기척이라도 들리는 것 같으면 몇 인치 높이의 공중으로 곧장 솟아오르는 것이다. 그래 봐

보통의 흰목과 새

야 금방 다시 제자리로 돌아와서 자리 잡고 앉아 위험천만한 상황을 무릅쓰고 맛깔 나는 음식들을 먹기 시작한다.

흉내쥐빠귀

같은 종이라고 해도 새 한 마리 한 마리가 서로 다르다. 내가 관찰한 바로는 가령 홍관조 암컷(lady cardinal)은 수컷보다 더 공격적이고 담대하다. 또 나이든 흰목과 새는 더 짙은 검정색 신발과 스타킹을 신은 채 위험에 의연하게 대처한다. 물론 가장 용감무쌍한 놈들은 ─ 용맹성보다는 차라리 가장 식견을 갖추고 사리분별을 잘한다고 볼 수 있을 텐데 ─ 흉내지빠귀(mockingbird)이다. 이 새는 창턱에 사뿐히 올라앉아 잠시 신경을 집중해서 정찰한 뒤에 비교적 흐트러짐 없이 목표물을 향해 돌진한다. 위험을 무릅쓸 가치가 있다고 확신할 때는 자리 잡고 앉아 주위 환경에 괘념치 않고 대장부처럼 먹어치운다. 먹는 동안 아무

요동 없이, 주변에서 새들이 난데없이 내지르는 경고음에도 아랑곳 않는다. 흉내지빠귀의 먹성과 욕심은 인정해 줄 만하다.

참새와 박새(titmice)는 포로롱 날아다니면서 적당한 크기의 부스러기를 찾는다. 홍관조(red cardinal)는 큰 덩어리를 집어 들고 나무를 향해 던져서 작은 조각으로 부순다. 아니면 창턱 선반에 명상에 잠긴 듯이 앉아서 부리로 덩어리를 잘게 나누기도 한다. 나는 이 과정을 내 식대로 새가 씹는 중이라고 묘사해 본다. 반면 흉내지빠귀는 눈에 띄는 가장 커다란 덩어리를 성큼 집어 들고는 쏜살같이 날아가버린다.

한번은 나른한 어느 여름 오후 약 15분간 도마뱀을 바라본 적이 있었다. 도마뱀은 커다란 거미를 반쯤 입에 삼키고는 눈을 깜박이며 앉아 있었다. 도마뱀의 입가에는 거미의 다리가 삐져나와 있었는데 보아 하니 입에 물고 있던 거미가 저항하다가 제풀에 지쳐 죽기를 기다리는 눈치였다. 흉내지빠귀가 창가 선반에서 이 도마뱀처럼 빵부스러기를 꿀꺽 삼키는 걸 본 적이 있다. 빵조각이 새의 목구멍으로 넘어가면서 목 표면의 깃털이 작은 물결처럼 일렁였다. 이 새는 다른 새들과는 달리 먹을 것을 들고 가는 법이 없다. 다른 새들이 자기 머리통만 한 부스러기를 집어서 안전한 거리까지 날아간 뒤에야 의기양양해 하는 것과는 달리, 흉내지빠귀는 그 자리에 앉아 식욕을 채우고 식사가 다 끝나고 나서야 훌쩍 날아가버린다.

흉내지빠귀와 사촌격인 굴뚝새(wren)는 더 대담해 보일 수도 있다. 하지만 대담하기보다는 사실 주의력은 떨어지고 자신만만하기만 하다고 묘사하는 게 낫다. 굴뚝새는 일말의 의심도 없이 순진하게 부스러기에만 온통 시선을 집중한 채 날아와서 앉는다. 먹이를 가지고 날아가는 법이 없고, 그 자리에서 두들겨서 부리로 간단히 집어먹을 수 있게 잘라낸다. 당장 눈앞에 벌어지는 일 외에 어떤 것에도 관심이 없는 듯하다. 가령 선반과 창틀 사이의 틈새에 웅크리고 있을 거미 따위는 아랑곳 않는다. 언젠가 굴뚝새가 발끝으로 서서 유리 창문을 들여다보다가 내 얼굴과 정면으로 마주한 적이 있었다. 이놈은 정말 자기 눈에 들어온 존재를 보고 화들짝 놀란 듯했다. 무섭다고 호들갑 떨면서 뒷걸음질 치는 걸 보자니 나는 연민과 함께 작은 전율을 느꼈다. 순간 나는 나 자신에 대한 두려움에 사로잡혔고 그 감정이 너무도 강렬하고 전염성이 있어서 마치 그놈이 느낀 충격과 놀라움을 알 것도 같았다.

새들은 날개를 사용해서 신속하게 결정을 내리는 편이지만 대개 창턱 선반 높이에서 다가오지는 않는다. 예전에 선반에 앉아 식사를 하던 새 한 마리가 창가 근처에서 부스럭거리는 소리에 놀란 나머지 거의 다이빙하듯이 창턱 아래로 곧장 사라져버린 모습을 본 적이 있다. 찰나의 순간에 시야에서 없어진 것이다. 거의 코미디에서나 볼 정도의 무례한 광경을 꽤 가까운 거리에서 관찰하는 재미가 쏠쏠하다. 새들은 꼬리를 치켜세운 채 최후의 공포에 질린 듯이, 그러나 꽤 도발적인 저항의 몸짓을 순식간에 내게 보여준 뒤 사라진다. 하지만 곧 다시 새들이 밑에서 나타난다는 것을 알게 되었다. 창문 근처 대나무로 만든 초록빛 삼각기가 흔들리기 시작하면 그 조그만 약탈자가 대나무 가지 위로 폴짝 올라오는 모습이 보인다. 그걸 보면서 나는 속으로 '지금 저 계단으로 올라오는 건 누구지?'라고 중얼거린다. 그러면 참새의 줄무늬 머리통과 부채모양의 흰목이나 무엇에도 꿈쩍하지 않는 흉내쥐빠귀의 플라톤을 닮은 이마, 또는 홍관조의 불같은 성미를 보여주는 비틀어진 볏이 쑥하고 창턱 위에 등장한다.

유리창 안쪽에서 미동 없이 관찰하는 두 눈에 새들이 익숙해지면 새의 표정이나 신호를 자세히 연구할 수 있다. 이런 디테일은 대개 "손안에 새"

굴뚝새

를 붙잡아 두고서야 관찰할 수 있기 때문에 내게 허락된 이 기회는 소중하다. 이 조류도감에는 새를 연구하는 학생의 야심만만한 호기심을 발동시키는 매력적인 내용들로 가득하다. 하지만 이런 호기심은 충족되지 못하기 일쑤다. 특히 이 체계 없이 진행되는 교육의 기회가 새의 생명과 자유에 비해 덜 중요하다고 여긴다면 영락없이 실패하기 마련이다. 하지만 유리창에 놓은 쿠션에 기댄 채 나는 이 사소하지만 무척 사랑스러운 행태들과 점점 익숙해져 갔다. 물론 새 친구들에게 아무런 피해를 입히지는 않는다. 피해가 있다고 해봐야 아마도 밑도 끝도 없는 새들의 공포심 때문에 일어나는 발작 정도일 것이다. 확실히 이런 발작 증세는 새들에게 별 의미가 없다. 새에게 신경증적 긴장이란 지극히 정상으로 보인다. 사람이었다면 이런 긴장상태를 상상하는 것만으로도 진이 다 빠져버릴 것이다. 하물며 내 존재 때문에 새들이 겪어야 하는 긴장도는 나날이 약해져 가더니 마침내 새들은 내가 있거나 말거나 거의 신경조차 쓰지 않게 되었다.

새는 내가 얼굴표정이라고 부르는 미세한 동작을 보인다. 내가 소장한 몇 권의 조류도감은 무척이나 자세하고 꼼꼼하게 새에 관한 기술적인 묘사를 하고 있지만, 정작 새의 눈썹에 관해서는 언급하지 않는다. 하지만 집중해서 관찰해 보면 눈썹을 갖고 있는 새들을 발견하게 된다. 우리 집에 오는 굴뚝새를 예로 들면 (책에는 '*Thyrothorus Ludovcianuus*'라는 학명으로 분류되어 있고 '*miamiensis*'나 '*lomitensis*'라고도 한다.) 눈 위에 보통 '흰색 선'이라고 기술되는 매우 독특한 표시를 갖고 있다. 이 흰색 선은 실제 두꺼운 금발의 눈썹이다. 굴뚝새에게만 보이는 특징적인 몸짓을 취할 때 이 흰 선이 안쪽으로 움푹 패여 들어가고 바깥쪽으로는 위로 똑바로 올라가게 된다. 순진함을 덜어내고 환심을 얻으려는 꿍꿍이가 있는 생명체라면 마치 메피스토텔레스(괴테의 『파우스트』에서 파우스트가 영혼을 판 악마 — 역주)처럼 악마적 분위기를 풍기게 할지도 모르지만, 굴뚝새는 정숙하고 눈에 띄지 않지만 역동적인 성격을 가지고 있어 치켜 뜬 흰색 눈썹이 색다른 매력을 더해줄 뿐이다.

흉내지빠귀는 굴뚝새보다 짧고 희미한 금발의 눈썹이 있다. 담황색이라기보다는 잿빛 회색에 가깝고 빛이 특정한 방향으로 비추거나 새가 일정한 자세를 취할 때만 볼 수 있다. 이 눈썹은 흉내지빠귀의 전체적인 세련됨과 자기만족적 태도를 강조해 준다. 흉내지빠귀의 눈은 적갈색이라고 할 수 있는데 이 연한 빛의 눈은 침착하고 정돈된 넓은 이마와 당당해 보이는 둥근 두개(頭蓋), 그리고 털을 잘 빗어 넘겨 부드러운 모자를 쓴 것 같은 모습과 잘 어울린다.

흉내지빠귀의 이 격식에 맞게 쓴 모자와는 정반대로 홍관조의 볏은 실룩대며 움직인다. 홍관조의 볏에 깃든 야생적이며 재빠른 표현력은 내게 뭔가 긍정적인 매력으로 다가온다. 내가 보기에 암컷 홍관조의 볏은 수컷의 것과는 사뭇 다르다. 이 둘의 서로 다른 색깔은 각기 다른 이미지를 전한다. 수컷의 격렬하게 진동하며 꼿꼿이 선 볏 장식은 깃털 달린 헬멧처럼 보여 남성적인 자부심과 허세를 드러낸다. 앞부분이 꼿꼿하게 정돈되어 위로 올라간 모자를 쓴 다부진 몸집을 가진, 효율적이며 맵시 있는 귀부인들을 본 적이 있는데, 이들의 표정은 쇼핑을 하러 나선 암컷 홍관조의 것과 아주 똑같다. 암컷의 볏은 요즘처럼 페미니즘이 하나의 신조로 내세워지기 훨씬 이전부터 세상의 인정을 받으면서 한몫을 담당해 왔던 여성적 주도권을 보여준다. 하지만 내 경솔함 탓에 이 암컷 홍관조에 견주어서 누군가를 편견으로 몰아갈 생각은 전혀 없다. 정작 남편이 자기 아내의 거센 태도와 성격을 신경 쓰지 않는데 내가 굳이 나서서 왈가왈부

할 이유는 없지 않은가? 대부분의 경우에 그렇듯이 거센 성격 이면에는 상냥함이 감춰져 있다. 언젠가 수컷이 암컷에게 부리로 옥수수 낟알을 건네주는 모습을 본 적이 있다. 암컷은 고마움을 표현하며 그것을 받아먹었다. 마치 자신의 의무는 "보살핌 받는" 것임을 잘 알고 있는 여느 배우자처럼 말이다. 하지만 대개의 경우 수컷은 암컷이 자기중심적인 태도를 보일 때면 현명하게도 근처 나뭇가지로 물러나서 암컷의 식사가 다 끝날 때까지 얌전히 자신의 차례를 기다린다. 그런 모습은 마치 수컷은 성격차이로 인해 자신이 감당해야 할 일체의 불편과 노고를 암컷의 아름다움이 보상해 줄 뿐 아니라 적당히 균형 잡아준다고 스스로 합리화하는 듯하다. 나는 기꺼이 그에게 동의를 표하련다.

오랫동안 나는 홍관조 암컷의 털이 수컷의 화려하게 멋부린 털보다 아름답다고 생각해 왔고 관찰을 통해 내 견해에 좀 더 확신을 갖게 되었다. 조금 떨어져서 보면 실제로 홍관조 수컷에 견줄 만한 새는 없다. 차가운 잿빛 하늘을 등지고 검은 나무에 앉아 있을 때, 또는 작은 개잎갈나무의 짙은 초록빛 나무 속에서 그 붉은 빛을 태울 때, 또는 "신부의 화환"처럼 활짝 핀 꽃 사이로 재빨리 날아갈 때 홍관조 수컷은 아름답다. 내 창가 선반에 앉은 이 새는 형용할 수 없게 찬란해서 마치 주홍색과 검정색으로 만든 살아 있는 영광처럼 보인다. 하

홍관조 수컷

139

홍관조 암컷

지만 청동색이나 올리브색이 살짝 가미된 갈색의 홍관조 암컷이 민첩하게 날개를 타고 날아가는 모습을 창가에서 바라보면 진품의 진줏빛이 발하는 듯하다. 자세히 바라볼 때 비로소 사랑스럽게 우러나오는 아름다움은 특별하다. 아름다움을 부드럽게 다루려는 시도조차 하지 않는 이 세상에서 내겐 언제나 닳고 닳은 친숙함을 버텨낼 수 있는 것만이 소중하게 여겨진다. 홍관조 암컷은 바로 그런 아름다움을 간직하고 있다. 아무리 배가 고프더라도 암컷은 오래 머물지 않는다. 공단처럼 부드러운 색감의 음영과 변주, 섬세한 조화와 너무 튀지 않는 대조의 아름다움에서 얻는 놀라움을 충분히 만끽할 만한 시간을 내게 주지 않는다. 홍관조 암컷은 미세하게 변화무쌍한 아름다움의 혼합체이다. 빛이 변해감에 따라 지속적으로 흠결 없는 완벽함을 드러낸다.

볏이 달린 또 한 마리의 새가 있는데 이 새는 눈썹도 있다. 내 간이식당을 특히 좋아하는 장식술 달린 박새다. 박새는 나와 친한 새 친구들 중 유일하게 까만 눈동자를 가지고 있다. 나는 예전에는 어렴풋이 작은 새들의 눈은 모두 검다고 생각해 왔다. 하지만 지금은 새의 눈 색깔도 사람만큼이나 다양하다는 결론에 도달했다. 앞서 다루었던 흉내지빠귀의 눈은 적갈색이다. 요놈의 까만 동공은 연한 노랑빛 회색의 홍채로 둘러싸여 있다. 놀라지 않을 때 흉내지빠귀의 눈은 다른 새들의 눈보다 더 부드럽다. 마치 집에서 기르는 애완동물, 가령 사랑스러운 개나 말의 눈을 닮았다. 집의 다른 쪽 창문에서 오락가락하는 갈색개똥지빠귀(brown thrasher)는 야생의 거칠고 비현실적인 황금빛 눈을 갖고 있다. 눈 속의 까맣고 작은 중심을 넓고 진노랑의 고리가 둘러싸고 있다. 그러한 눈 때문에 이 새는 길들여지지 않은 낯선 외계의 존재처럼 보인다. 마치 요정의 나라에서 추방당한 상심에 찬 망명자 같다. 하지만 수탉의 눈처럼 단단하고 번쩍거리는 불투명한 기운이 살짝 어려서 영혼의 낯선 이방인처럼 보이게 한다.

검은 눈을 가졌을 거라고 상상했던 새들, 가령 참새와 굴뚝새, 어치의 눈은 알고 보니 갈색이다. 하지만 박새의 눈만은 진짜 검은색으로, 생생한 흑진주방울처럼 사랑스럽고 밝은 구슬이다. 박새의 볏은 홍관조의 볏만큼이나 흥미롭다. 표현력이 좋고 다채로운 박새는 홍관조처럼 공격성이나 허세는 보이지 않는다. 박새의 볏에 허세가 담겼다면 그건 섬세함과 영성(靈性)이다. 매우 섬세한 쾌활함과 강렬한 기질을 순수하게 표현하고 있어서 머리카락 두께만큼의 세밀한 선과 점까지 드러내 보인다. 내 창가의 친구들 중 박새는 가장 우아하며 날렵한 발과 날개를 갖고 있다. 게

박새

갈색개똥지빠귀

다가 아주 수줍어한다. 가끔 머리 위의 볏을 목줄기를 따라 뒤로 젖히는데 마치 야생마 무스탕이 귀를 뒤로 젖히는 것처럼 보인다. 그럴 때마다 영락없이 겁먹은 표정을 띠게 되어 누군가는 그런 모습을 무시할지도 모른다. 물론 더 강하고 나이 들어 보이긴 하지만, 그보다는 검고 뾰족한 부리와 검은 보석 같은 눈에서 나오는 섬세하고 재빠른 자부심을 가진 채 볏이 위로 꼿꼿하게 서 있다. 그럴 때 두터운 검은 눈썹이 이마 중앙에서 만나는 듯 보인다. 이때 박새는 아주 거대한 의도와 정신적 탁월함을 담은 표정을 띤다. 박새는 음식을 먹기 위해 선반에 머무르는 경우가 없다. 박새는 노동을 아끼기보다는 평화로운 마음을 더 선호하는 부류처럼 가져갈 수 있을 만큼의 양을 자신만의 초록빛 아침식사 장소로 가져가서 나뭇잎 속에서 여유로움을 즐긴다.

지난 두 해 동안 우리 집 모이 선반에 가장 자주 들른 손님은 흰목부리 참새(whitethroat sparrow)[3]였다. 처음엔 이 새가 참 이상했다. 조류도감을 보면 이 새는 환한 여름옷을 입

---

[3] 흰목과 새 중 머리에 검은색과 흰색의 얼룩무늬와 노랑색 줄이 나 있는 참새과 새로 북아메리카 지역에서 서식한다. 특히 텍사스 동부 지역엔 겨울에 흔한 새라고 한다.

고 있다고 설명하는데, 이동 기간이나 겨울에 이 새가 바꿔 입는 검소하고 실용적인 옷에 대해선 언급하지 않는다. 맨 처음 흘긋 봤을 때는 영국참새인 줄 알았다. 두 번째 다시 보게 되었을 때 흰색 목을 알아보았다. 이 새를 식별하게 해 주는 분명한 표지였기 때문에 이 새와 친척인 밉살스런 영 국참새와는 비교할 수도 없는 재빠른 움직임이나 부드러운 태도, 고상한 자태를 알아보지 못한 점에 대해 사과를 해야 했다. 그 뒤 내가 이 새를 발견할 때마다 몇몇 조류도감에 서 새의 특징이라며 기술해 놓은 부분 때문에 좀 불편했었 다. 나로서는 책에 묘사된 특징들을 눈으로 확인할 수 없었 기 때문이다. 책을 읽으면서 새의 모습을 관찰하는 과정을 통해 하나씩 이 새의 미스터리를 확인해 가다가 나는 아주 악의적인 책 한 권에서 묘사된 한 가지 사실 때문에 고민에 빠져버렸다. 이 지점에서 나는 더 이상 참을 수 없는 한계에 부딪혔다. 책에서 흰목부리 참새의 가슴 중앙에 검은 점이 있다고 기술하고 있었는데 그때까지 아무리 눈을 크게 뜨 고 관찰해 봐도 나로서는 검은 점을 발견할 수 없었다. 그러

던 중 전혀 알아채기 힘 든 한 가지 특징이 이따 금씩 눈에 들어오기 시 작했다. 부드럽고 연기 에 그을린 듯한 잿빛 털 위에서 흐릿한 얼룩처 럼 거의 눈에 띄지 않게

흰목부리 참새

애매한 자국에서부터 확실하게 집어낼 수 있는 선명한 검은 점에 이르는 어떤 표식이 눈에 들어왔다. 결국 내 궁금증은 어딘가에서 간단한 문장을 발견하게 되면서 해결되었다. 겨울 중간쯤 이 새의 깃털이 거무스름하게 변하기 시작하고 특징적인 표지들이 불분명해진다는 것이었다. 봄철 털갈이가 끝나면 흰목부리 참새는 "외모로 치면 내세울 것 없는 종자지만 눈에 띌 정도로 인물이 훤해진다." 그 뒤로 이 새가 완전히 사라져버리는 봄이 되기 직전 두 서너 차례 나는 아름답게 차려입은 새의 방문을 받았다. 이제 곧 맞게 될 여름 한 철 자신의 전성기에 즐길 사교와 합방 활동을 위해 확실히 잘 차려입고 나선 모습이었다. 이 멀끔한 모습에서 눈을 씻고 봐도 예전의 모습을 찾을 수가 없다. 갈색과 잿빛이 은은한 흰색의 줄무늬가 있는 머리는 반짝거리는 검정색과 깨끗한 크림 빛 흰색으로 바뀐다. 넥타이에선 빛이 나고 이마의 엷은 노랑은 이목을 끌 정도로 밝아진다. 노랑이야말로 내가 보기엔 새의 색깔 중 가장 인상적인 색이다.

이 부류의 새가 갖고 있는 표지가 꽤 다양해서 나는 언제나 흰목과 새들에 관심을 갖고 있다. 수가 많아 보기 흔했고 점점 친해지고 익숙해져 갔지만 내 관심은 식지 않았다. 그러던 어느 날 나의 새 연구에 동참하던 가족 중 하나가 무심코 나를 책망했다. 내 어깨 너머로 새를 관찰하던 딸은 처음으로 목 아래 부채모양의 흰 털이 달린 걸 발견하고는 새의 이름이 뭐냐고 낭랑한 목소리로 호기심을 드러냈다.

"어, 저 새," 나는 내 생각에 빠진 채 대답했다. "그냥 흰목과 새야."

"그치만 너무 예쁜 걸!" 딸은 마치 내가 그 새를 무시한다는 듯이 책망했다. 얼마 있어 내 나름 느꼈던 억울함을 잊을 만할 때쯤 사려 깊은 목소리가 들려왔다.

"엄마, '그냥'이라고 불리면 정말 싫을 것 같아."

아, 그래 우리는 모두 '그냥'이라는 존재가 되고 싶진 않지. 우리는 서로 상대방을 '그냥'의 부류로 밀어 넣으려고 얼마나 악다구니를 부리는지. 미국 초절주의 철학자 랠프 왈도 에머슨은 비범한 것이 아니라 평범하고 일상적인 것에 관심을 보였다. 아마 그는 계급이나 종류, 부류 따위가 아니라 개개인, 개체의 존재를 생각했으리라. 나는 한동안 이와 관련해서 예로부터 내려오던 문제를 사색하면서 나름대로 내가 치러야 할 값을 치렀다.

이제 힐난이 담긴 시선들을 거둬냈으니 개인적으로는 참새의 개채성에 다소 무감각했던 나 자신을 변명해 보련다. 평균적 수준의 깔끔하고 잘생긴 외모를 갖추지 않았더라도 개개 인간은 쉽게 구별될 수 있는 특성을 갖기 마련이다. 어떤 새들이 특히 내 눈에 들어오는 경우가 있다. 가령 내 창가에 자주 방문하는 세 마리의 절름발이 새들이 그렇다. 아마도 우리는 각자의 개체성을 이처럼 다소 유감스러운 방식으로, 그러니까 뭔가 눈에 띌 정도의 불행이나 결함의 방식으로 드러내는지도 모른다.

내 절름발이 방문객[4] 중 첫 번째 새는 내가 '대령'이라고

---

4) 절름발이 새에 관한 부분은 「불구자」라는 시로도 형상화되어 있다.

부르는 커다란 파랑어치였다. 대령을 만나서 나는 처음으로 새의 발뒤꿈치와 무릎에 관심을 갖게 되었다. 대령은 나로선 그 내역을 알 수 없는 어떤 재난을 겪은 뒤 발 한쪽을 잃었다. 처음 대령이 선반에 내려앉는 모습을 보았을 때 대령은 한 발과 다른 쪽 발의 남은 부분으로 콩콩 뛰어다녔다. 나는 그 모습을 보며 공포와 함께 연민을 느꼈다. 그런데 선반을 떠날 때 대령은 자신의 불구의 몸을 털끝하나 다치지 않은 완전한 날개에 의지한 채 안정된 비상의 몸짓으로 늠름하고 당당하게 날아갔다. 그때 나는 내가 느낀 연민이 얼마나 같잖고 당치도 않았는지를 깨달았다. 파랑어치는 어떻게 봐도 매력적인 새는 아니다. 얼마 지나지 않아 대령을 관찰하면서 내가 느낀 감정은 대체로 생생한 호기심과 흥미였다. 나는 대령과 대령을 낳아준 자연이 그가 처한 곤경 속에서 대령을 단련시키고 적응시켜준 것에 대해 경이감을 느꼈다. 대령은 성한 한쪽 다리를 사용해서 대부분의 새들처럼 날아와 앉았다. 그런 자세를 취하려면 발뒤꿈치의 윗부분 경골(당시에 나는 이 부분을 무릎이라고 불렀는데 그것은 무지의 소치였다.)이 거의 그의 몸과 평행을 이룬 채 지탱해야 했다. 몸 부분은 깃털로 가려져 있다. 그러나 성한 다리보다 일인치 정도 짧아 약 4분의3 정도의 길이로 보이는 다친 다리는 습관적으로 죽 곧게 뻗어 내려져 있어 남은 부분이 마치 다리처럼 기능하도록 놓였다. 발을 잃은 다리의 "발꿈치"는 성한 다리의 "발꿈치"보다 낮았다. 대령은 이런 식으로 불구가 된 다리를 자동적으로 애쓰지 않고 불편함 없이 사용하는 듯 보였다. 당연하게도 이런 자세는 이미 오래전부터 그에겐 습득된 자연스런 것이었다.

또 한 마리의 절름발이 새는 바깥쪽 발가락 두 개를 잃은 흰목과 새였다. 잃어버린 발가락 연결 부분이 남은 안쪽 발가락과 균형을 맞추기 위해서 툭 튀어나와 있었다. 이 불구 상태는 사소해 보여서 그의 기형은 쉽게 간과되곤 하지만, 동시에 그를 쉽게 식별하게 해주었기 때문에 내게 이 새는 사람 같았다.

세 번째 절름발이는 멋스러운 작고 검은 발톱이 딱할 정도로 닳아 없어져 쓸모없어 보이는 박새였다. 그런데 이 새는 거의 무게가 없을 만큼 가볍고 활기찬 작은 새여서 누구나 그의 깃털 아래에 아무것도 없고 그저 휘파람소리만 낸다고 생각하게 된다. 그러니 연민을 받는 경우가 없다. 다행히도 다리가 하나밖에 없다는 문제는 새에겐 별로 큰일이 아니다. 새에게 회복할 수 없는 재난이란 부러진 날개이다.

대령을 관찰하고 나서 새의 발꿈치는 인간의 무릎에 해당하는 위치에 있다는 사실을 발견 하게 되었다. 가장 흔한 새의 발꿈치는 대체로 몸에 달려 있어서 우리가 다리라고 부르는 것은 통상적으로 발꿈치와 큰 발가락 사이의 부분이라는 사실! 어린 시절 내가 그렸던 새의 다리는 내 기억엔 모두 이런 모습이었다. 두 개의 작은 나뭇가지 같은 표시를 해서 다리를 몸에다 부착시키면 되었다. 나의 창가 간이식당에 방문하는 모든 새들은 실제 그렇게 보였다. 보통 새가 서 있는 자세를 보면 그렇다. 다만 작은 표지로는 다리라고 부르기엔 적합하지 않다. 그러나 흉내지빠귀는 간혹 경골에서 발가락까지 다리 전체를 드러낸다. 이유는 잘 모르겠지만 그런 자세는 내가 종종 목격하게 되는 어떤 성격을 나타내는데, 흉내지빠귀가 몹시 좋아하는 직립의 남성다운 자세이다. 흉내지빠귀는 학처럼 세로 직선 형태로 몸을 죽 편다. 그러면 나는 새의 무릎을 볼 수 있다.

또 다른 것도 봤다. 하늘을 등에 지고 선반에 서 있으면 새의 콧구멍을 통해서 햇살이 바늘처럼 비춘다! 나는 이런 현상을 창가의 쿠션자리에 앉아서 봤는데 나중에 책에서 이와 관련된 정보를 읽게 되었다. 이런 광경을 볼 수 있는 새는 모두 구멍 뚫린 콧구멍을 갖고 있다고 한다. 이것은 흔치 않은 특징이었지만 대부분의 새들은 이런 식으로 튀고 싶어 하진 않는다. 관찰자들이 새의 주변을 보기보다는 자기들의 콧구멍을 통해서 더 많이, 더 잘 볼 수 있다는 걸 새들이 알기 때문이다. 물론 나는 이 점에서는 새의 편에 서고 싶다. 오래 전에 창가의 쿠션 자리를 떠났고 당시 그 자리에서 나를 사로잡았던 관찰자적인 마음 상태도 이미 사라져버렸기 때문이다. 하지만 동시에 나는 흉내지빠귀가 고맙다. 내가 보기에 콧구멍을 통해서 햇살이 비추는 현상은 이 새가 가진 매우 독특한 매력이다. 자기 귀를 움찔움찔 움직일 수 있는 꼬마 소년이 동년배들을 사로잡는 것처럼 말이다.

* 자신이 사는 집 탱글우드에 찾아오는 새를 관찰하는 이야기를 담은 첫 에세이 「탱글우드의 새」가 『예일리뷰』에 출간된 후 인기를 얻은 베이커는 여기 번역, 수록된 두 번째 에세이 「창가 간이식당」을 이어서 출간하게 된다.

칼 윌슨 베이커(1878-1960)의 생애와 시 세계[5]

"아무리 칭찬일색의 묘사라도 원본을 만족시킬 수 없다. 어떤 사람이라도 그를 완전히 만족시킬 방법으로 그 사람에 대해 쓴다는 것은 불가능하다는 사실을 나는 오래 전에 알았다. 나 역시도 만족하지 못한다."

― 칼 윌슨 베이커

시인이자 수필가이며 아동문학가이자 소설가이기도 했던 칼 윌슨 베이커는 1878년 10월 13일 아칸서스 주의 리틀락(Little Rock, Arkansas)에서 태어나 자랐다. 1880년대의 리틀락은 분주한 도시였다. 도시는 소나무와 활엽수로 둘러싸인 절벽 사이에 위치했다. 이 도시에 철도가 놓이고 짙푸른 초록의 잔디로 덮인 커다란 빅토리아풍 집들이 들어서고 있었다. 무작위적이고 제멋대로 확장되어가고 있던 당시에도 여

---

5) 이 글은 파멜라 린 팔머가 쓴 베이커에 관한 전기적 스케치 「글을 쓰고 싶었던 소녀」와 사라 레그랜드 잭슨의 역작인 베이커의 전기를 참고하여 우리나라 독자에게 베이커를 소개할 목적으로 작성되었다.

* 사진은 베이커가 살던 집 탱클우드의 자리에 세워진 동상.

전히 아칸서스 강을 따라 증기선이 들어왔다. 증기선이 쉿쉿거리며 내뿜는 낮고 애처로운 소리는 전차선로가 끝나는 곳까지 들려왔다. 윌슨 네는 그들이 '로즈론'(장미가든)이라고 불렀던 이층집에서 살았다.

칼의 이름은 어머니와 각별한 사이였던 외삼촌의 이름을 따서 지었다. 어머니 케이트 플로렌스 몽고메리 윌슨은 자신의 이름이 네 개나 되는 것에 불만을 갖고 있어서 딸에게는 (미국에선 관행인) 중간 이름(middle name)을 지어주지 않았다. 결혼을 하면 어쨌든 남편의 성을 딴 세 번째 이름이 생길 것이므로 하나면 충분했다. 칼은 원래 남자이름[Karl]이어서 성장기에 이름과 관련된 소소한 문제들이 빈번히 일어났던 터라 15세 때 이름 끝에 묵음인 'e'를 넣어서 [Karle] 여성적으로 보이도록 만들었다. 그래도 칼은 평생 동안 '미스터 칼'이라는 호칭을 담은 편지를 받았고 그녀의 책을 다루는 서평을 쓰는 비평가들은 종종 남자로 착각했다.

칼의 부모는 전직 학교 선생님이었다. 아버지 윌리엄 토마스 윌슨은 리틀락으로 이사한 뒤 식료품점의 점원 일부터 시작했다. 몇 년 지나지 않아 그는 자신이 일하던 가게의 공동 소유주가 되었다. 후에 동생 리처드 잭슨 윌슨과 동업을 통해 식료품 도매업을 시작했고 곧 리틀락에서 가장 큰 회사 중 하나로 키웠다.

칼에게는 아버지가 첫 결혼에서 얻은 두 명의 배다른 자매와 어머니가 낳은 어린 남동생 벤저민 테일러와 도널드가 있었다. 도널드는 생후 2개월 만에 죽었다.

칼은 8세에 공립학교에 입학했고 그 전까지는 어머니와 공부했다. 학교가 집에서 다소 멀었기 때문이었다. 칼은 아버지를 닮아서 키가 컸고 갈색 눈동자에 금발이었다. 나이 들어가면서 금발은 짙은 갈색머리로 변했다. 나이에 비해 컸던 자신의 몸집에 대해 자격지심이 있었던 터라, 같은 반이었던 긴 머리칼에 리본을 달고 다녔던 아담한 체구의 여자 아이들을 부러워했다. 칼은 자신도 예쁘게 생겼다는 것을 당시에는 깨닫지 못했다.

칼은 어린 시절부터 책을 좋아했고 작가가 되고 싶었다. 8세 때 「집」이라는 제목의 첫 시를 썼는데 『하퍼스 어린이』 잡지의 "편지통"이라는 코너에 실렸다. 이 시에는 자기가 살던 집 로즈론의 마당에 서 있던 수도 펌프에 보내는 헌사를 담고 있었다. 어머니 역시 작가 지망생이었던 터라 외삼촌 클레런스 하워드 몽고메리와 함께 칼의 꿈을 응원했다. 얼마 지나지 않아 칼은 자신의 연습장을 전부 시로 채우게 되었다.

칼의 어머니 윌슨 부인의 부모는 아칸서스주의 잭슨빌 근처 농장에 살고 있었다. 아이들은 차례로 외조부모를 방문하곤 했는데, 몽고메리 할아버지 혹은 삼촌이 스프링보드 마차를 끌고 리틀락으로 와서 아이들을 데려갔다. 때로 칼은 기차를 타고 가서 잭슨빌 역에 마중 나온 할아버지를 만나곤 했다. 칼은 기차가 역에서 나가고 들어올 때 크게 소리를 내며 움직이는 모습을 좋아했고 사람들이 북적대면서 친구나 친지를 만나 인사하고 슬픈 작별인사하는 것을 바라보기를 즐겼다. 기차여행은 신나는 모험이었다. 그녀는 빨강

색의 푹신한 좌석에 몸을 밀어넣고 앉아서 열린 창문을 통해 들어오는 미풍을 맞으면서 스쳐 지나가는 초록과 황금의 물결로 가득한 시골풍경 모습을 바라보곤 했다. 태생적으로 여행가였던 칼은 연기나 그을음과 먼지는 아랑곳하지 않았다.

몽고메리 할머니는 잘생기고 혈기왕성한 말떼를 몰고 다니기를 즐겼다. 칼의 부모와 칼도 이런 성향을 물려받아 말을 좋아했고 승마를 즐겼다. 몽고메리 할아버지는 남북전쟁 당시 북부 연합군 장교였고 전쟁 후 재건 시절 아칸서스의 법무장관을 역임했다. 그러나 남부인들이 주정부를 다시 장악하게 되자 그는 리틀락에서 하급 공무원으로 남기를 거부하고 은퇴 후 농장을 경영하게 된다.

칼의 외할아버지 집은 걸어서 오갈 수 있을 만큼 떨어진 두 장소에 나누어 있었다. 한쪽 건물은 응접실과 침실이 있고 다른 건물에는 부엌, 식당과 저장고가 있었다. 외할머니는 요리솜씨가 좋아서 과일 잼과 파이, 생강과자와 젤리로 만든 케이크를 잘 만들었다. 조부모의 집에 가면 언제나 집에서 만든 빵과 신선한 우유, 크림을 식사 때마다 먹을 수 있었다. 저녁식사 뒤 현관에 나와 앉으면 모기를 쫓을 목적으로 나무 조각들을 등유에 적신 뒤 목화씨 오일로 태워 연기를 피웠다. 삼촌은 기타를 치거나 밴조를 연주하며 노래를 불렀다. 칼은 바이올린을 배웠다. 9세 때부터 배운 연주 실력으로 학교나 교회에서 앙상블 연주를 하기도 했다.

조부모의 농장에서 칼은 자유롭게 산책하며 돌아다녔다.

어른들은 모두 집 안팎에서 일하느라 바빴고 가끔 달걀을 가져오거나 소소한 심부름을 시킬 일이 있을 때를 제외하곤 아이들에게 신경 쓰지 않았다. 칼은 농장 마당을 돌아다니며 동물들이 먹는 모습을 보거나 숲으로 들어가 참나무 주변에서 도토리를 가지고 놀았다. 농장에서 칼이 가장 좋아한 장소는 커다란 피나무 밑이었다. 낮게 드리워진 가지들이 시원한 녹음의 휴식처를 만들어주었기 때문이다. 이곳에 오면 멀지않은 곳에 주엽나무가 줄 지어 서 있고 그 사이에 꿀벌들이 바쁘게 일하고 있었다. 그 위로는 사과나무가 있는 과수원이었다. 늦여름에는 캐모마일 국화가 피어나서 과수원 앞 초원을 황금빛으로 물들였다.

자연의 아름다움에 대한 칼의 애정은 강렬했지만 그렇다고 시골에서만 살기를 원하진 않았다. 그녀는 번잡한 도시도 좋아했다. 나중에 시카고대학에서 공부할 때는 도시생활에 완벽히 적응해서 도회적인 문학도로서 자리잡을 수도 있었다. 어머니의 병환이 아니었다면 아마 그렇게 되었을 것이다. 청소년 시절 칼은 스포츠와 교회활동, 학교생활에 활발히 참여했다. 당시 어린아이들은 모두 조랑말을 타고 다녔는데 마침 자전거가 막 보급되던 시기였다. 칼은 도시의 공원에서 자전거를 빌려 처음 배웠고, 인기 종목이었던 수영과 테니스도 배웠다. 열네 번째 생일이 되기 직전 칼의 첫 시 두 편이 1892년 가을 『침례교도』라는 신문에 실렸다.

2년 뒤 대입전문특례학교에 입학해서 칼은 가족과 떨어져 지내게 되었다. 엄격했던 어머니의 감독과 영향에서 벗어난 칼은 자유로운 독서를 즐겼고 각종 학교생활에 참여하게 된다. 1895년 칼은 수필을 발표하고, 장학생이 된다. 1898년 리틀락으로 돌아온 칼은 임시교사직을 얻어 강의를 하게 되었고 그 해 여름 시카고대학에서 수업을 들었다.

사업차 여행을 하던 칼의 아버지는 어느 날 텍사스의 작은 마을 나코그도취스(Nacogdoches)에서 하룻밤을 묵게 되는데 이 작은 마을에서 보낸 달빛이 흐르는 아름다운 밤에 매료된다. 집에 돌아와서도 그곳을 잊을 수 없어 곧 이사를 하고 사업을 시작했다. 몇 년 후 그는 텍사스를 포함 여러 주로 곡물 도매업을 확장시킨다.

칼은 교사직으로 모은 수입과 부모의 도움으로 시카고대학에 1년간 강의를 들을 수 있게 되었다. 대학에서 칼은 로버트 헤릭이라는 소설가와, 시인이자 극작가인 윌리엄 본 무디로부터 사사 받는다. 1년 뒤 어머니의 건강이 나빠지자 부모의 집으로 내려와 간호를 하며 집필생활을 시작한다. 처음에는 주로 시를 썼다. 1902년의 화재로 집이 전소해서 그동안 매일 썼던 글을 포함한 원고를 잃었지만 대부분의 시와 두 편의 긴 단편소설은 보존할 수 있었다. 1903년 부모의 집을 떠나 리틀락의 고등학교에서 2년간 가르치면서 칼은 집필 작업을 계속한다. 1903년 시 「시인」이 『하퍼스』에 팔렸고 1905년에는 여러 잡지에 수필과 시를 싣게 되었다. 당시 칼은 "샬롯트 윌슨"이라는 필명을 사용했다. 1906년부터는 단편소설도 잡지에 실렸다. 1907년 나코그도치스 출신 사업가 토마스 엘리스 베이커와 결혼한다.

결혼 후 칼은 가족생활에 대해 주로 썼다. 캠핑, 가족놀이와 게임, 자동차 여행과 자신의 취미인 사진과 나비 기르기 등에 대해 썼다. 나비 기르기는 취미에서 시작했으나 돈벌이가 되어 나방, 나비와 유충 등을 우편주문판매방식으로 팔기도 했다. 당시로서는 곤충을 길러 판다는 것이 동네 사람들에겐 이상하게 보였으리라. 가정주부들은 대부분 버터나 달걀을 팔거나 옷을 만들어 파는 것이 상례였다. 게다가 당시 분위기에서는 가정주부가 돈벌이를 하면 남편을 부끄럽게 만드는 일이었다. 칼의 남편도 처음엔 마뜩치 않아 했지만 칼이 작가로서 글을 출간하고 책을 내면서 자리를 잡자 생각을 바꿔 아내를 격려해 주었다고 한다. 아들과 딸을 양육하면서 칼은 아동문학에도 관심을 갖게 되어 『플링크의 정원』이라는 판타지 아동문학을 써서 아이들에게 읽어 주곤 했는데, 1920년에는 예일대출판부에서 이 책을 출간하게 된다. 그의 두 시집 『푸른 연기』와 『딸기나무』, 산문우화집 『낡은 동전』도 예일대출판부에서 출간했다.

작가로 입지를 다진 후 칼은 텍사스 인근 지역에서 유명 인사가 되어 강연을 다니고 문학협회 등에서 활동을 시작했다. 1923년 스티븐 오스틴주립교육대학이 나코그도치스에 문을 열자 그곳에서 강의를 시작했고, 그 후 10년간 교수직을 역임했다. 1926~1927년에는 일 년간 버클리 소재 캘리포니아 대학에서 수학했으며 1924년에 남부감리교대학에서 명예박사학위를 받았다. 베이커는 텍사스철학학회를 설립하고 회장직을 역임하기도 했으며 텍사스시인협회와

피베타카파(Phi Beta Kappa)의 설립에도 기여했다. 1924년 남부감리교대학교에서 명예문학박사학위를 받았다. 1929년 베일러대학의 영문과 학장이었던 암스트롱 교수는 유명 여류시인 에드나 세인트 빈센트 밀레이(Edna St. Vincent Millay)의 방문 당시 소개를 맡도록 베이커에게 요청했고, 그 과정에서 베이커를 텍사스를 대표하는 시인으로 지칭했다.

대학 교수직과 작가로서의 창작활동을 병행하면서 칼은 어린아이들을 위한 독서교재와 텍사스주 공립학교 교재를 출간했다. 1925년에 어린아이들에게 텍사스 역사를 가르치기 위한 목적에서 『텍사스 깃발 입문서』를 만들었다. 이 책은 텍사스 주의 교과서편찬위원회에 의해 채택이 되었다. 뒤이어 같은 종류의 책 『두 명의 작은 텍사스인』을 출간했고 1930년에는 유명한 에세이집 『탱글우드의 새』를 남서부출판사에서 출간하는데, 여기 수록된 수필들은 새에 관한 것이다. 1931년에는 『말 탄 몽상가』라는 제목으로 시선집을 출간했고, 이 시집은 퓰리처상 후보로 오르기도 했다.

1930년 나코그도치스 인근의 오일 광산이 문을 열자 이에 영감을 받아 소설 『패밀리 스타일』을 1937년 출간했다. 텍사스 주 수립 100주년을 계기로 텍사스 혁명과 관련한 소설 『황야의 별』을 썼다. 이 두 소설은 텍사스 주를 배경으로 한 가족서사였으며, 『황야의 별』은 북클럽의 이달의 책으로 선정되기도 하였다. 이 두 소설 외에도 미간행 소설을 서너 편 더 썼다.

칼 윌슨 베이커는 1960년 82세의 나이로 사망했다. 그녀의 아들 톰은 아버지의 가업을 이어 은행장이 되었고 딸 샬롯트 베이커 몽고메리는 엄마의 영향을 받아서 작가이자 일러스트레이터가 되어 20여 권의 아동문학을 쓰고 삽화를 그렸으며, 베이커의 『탱글우드의 새』와 『순록의 발굽이야기』라는 동화책에 삽입된 삽화도 직접 그렸다.

칼 윌슨 베이커의 작가로서의 이력은 당시로서는 이례적이었다. 동부지역을 중심으로 구축된 출판산업 구조는 시카고를 기점으로 서쪽 지역의 작가들, 특히 여성작가들에게 거의 문을 열어주지 않았다. 이런 당시의 관행을 고려하면 칼의 성공은 암묵적 금기와 편견의 장벽을 넘어선 것으로 간주되었다. 69세에 마지막 책을 끝으로 건강문제로 더 이상 집필을 계속할 수 없게 될 때까지 그녀의 작품에는 유년과 청년기에 관한 내용, 특히 여성이 어려움을 딛고 자신의 꿈을 실현하는 내용이 많이 담겨 있다. 여성에게 아내와 엄마의 역할 이외에 다른 일을 기대하지도 권하지도 않던 시대에 텍사스의 작은 마을에서 칼이 작가 생활을 지속하는 일은 쉽지 않았을 것이다. 그러나 아무리 보잘것없는 존재라도 모든 인간은 아름다움을 향한 깊은 욕구를 갖고 있다고 그녀는 믿었다. 레이스 한 조각, 농장아낙의 치마에 달린 리본, 낡은 기름통에 담긴 꽃. 이런 것들은 바로 아름다움을 향한 인간적 열망을 표현한다고 생각했다. 아주 어려서부터 글쓰기에 대한 열정이 남달랐던 칼은 글을 통해서 이렇게 소박한 것들이 갖는 미적 차원을 기록하려고 애썼다. 그녀

는 일상의 아름다움을 늘 경험하고 있으면서도 언어나 예술
로 표현할 수 없는 뭇 사람들을 위해 평범한 삶 속의 아름
다움을 문학적으로 형상화했고 그러려고 노력했던 작가로
기억될 수 있을 것이다.